后浪出版公司

王考

童伟格 著

四川人民出版社

献给罗秀兰 女士

目录

王考

关于我祖父如何在一夕之间，成为人人惧怕的怪物，据亲历其境的我祖舅公追忆，事情的经过是这样的。

当时，本乡三村——海村、埔村及山村——村人，难得一起聚财聚力，翻山越岭十数回，终于由城内尖顶圣王本庙，求出圣王正身一尊，当时迎驾北归的父老们感觉自己，敢比执得鞭随了镫的周仓爷——真个死亦甘愿。然而，车驾甫出城界，到了尪子上天山脚下的冷水堀停息未久，父老间就起了争端，原来，三村都各自建好了圣王庙，谁也不愿在轮流供奉的次序，及供奉时间的短长上退让。

祖舅公说，海村多的是手操蟒舟、越海岬至东岸运米、竟日来回大气不喘的勇士，埔村的人，则是大刀王简九头的后裔，男女老少身上绑着两百六十斤重的武练石去耕作担水，全然不当一回事，果真让这两村的人占了先，到时他们困着圣王、食言不还，我们拿什么去和他们拼命？

祖舅公当时在冷水堀的湿地上站了半天，站到人都快陷进地底矿坑里了，依旧无法可解，心中很觉凄楚。眼见磨刀霍霍的诸村精英，他想，若果然又起械斗，山村仍是毫无胜算，几十年间，山村村人为后进所迫，让出海岸、让出平原，搀老扶弱进了山地，犹能保有一线生机，如今，恐怕为了千百年前的圣王老祖宗，要彻底肝脑涂地了。

头顶的尪仔上天山，山顶蒸腾的雾气摄入更高的雨云之中，祖舅公说，当时他想起他的妹婿——我祖父——告诉过他，这座本乡境内最高的山，山名的由来，是因为山顶的磺雾氤氲直上，第一个看见的人，错觉有人影上天，故名之。祖舅公听祖父这样说时，曾问祖父，那第一个人是谁？你怎么知道这件事？祖父凛然，从书架搬下一大部旧书，剥开书页，用细长的指甲指了斗大的几行字，要祖舅公自己读，祖舅公看得了"日"，看得"雨"，看得"水""花""秋"与"冬"，但整段字看得不知伊于胡底，他只惊奇，那些蛮荒不明的事，怎么，我祖父看书就知道了？

接着，祖舅公做了一个后来他"连做梦都在后悔"的决定，他用力提起半只已陷入泥地里的脚，呼吁三村壮士，用文明人的方式，谈判解决这件事，暗地里，他派人快去接祖父来，做山村的全权谈判代表。

圣王是我们的啦！祖舅公说，当他看见凤嘴银牙的祖父，在众人的簇拥下，目光炯炯走上坡时，心中忍不住这样欢呼，他淌着泪，急急迎上我祖父，握着他的手，喊着，辛苦了，辛苦了，这一趟真不容易啊！

祖父止住了祖舅公，他用那双刚从书案上移开的双眼，审视在坡地上、在堀坑旁横七竖八躺着的三村村人。高处，一尊黑木刻的神像端坐轿上，浑身穿戴金碧圣衣，像一具被火烧焦、又被人郑重弃之的婴儿尸骸，座位两旁，摆着令旗、令刀，与一袱黄巾包妥的小物事。

这就是祂了！小心，手脚轻点！当祖父开始熟练地考察、翻检着圣王时，祖舅公在他身旁候着，喃喃碎舌。祖父面色凝重，不发一语，最后，当他打开黄巾，翻出圣王印时，呜，他沉吟了一声，细细检视完印上的字后，他抬头，高兴地对祖舅公说，只有这印是真的。

都是真的啊！祖舅公摊开双手，像要给祖父一个拥抱。

祖父又止住了他。据祖舅公说，后来祖父拿着圣王印，招招手，开始了谈判会议，会议中，祖父不容众人激辩，甚至不让人打断，从午前径自说到了傍晚。祖舅公抹抹老挂到下巴上的眼泪，只觉得，身旁众人为了祖父的话，时而笑、时而哭、时而怒号、时而安静，到了黑暗逐渐沉落的时候，众人居然一派和谐，满面红光，宛如圣王亲临。

祖父止住演说。片刻后，一声吼，两面光，三村村人就地拔起，当场分了圣王老祖宗。埔村大刀王的后裔，夺了令刀、令旗与圣衣，扬长而去；海村勇士扶得轿子，将光头裸肚的圣王高高架起，欢呼下坡；只剩下山村村人，呆看着祖父手捏着圣王印，像捏着一枚卵蛋，就着一天中最后的余光，独自鉴赏着。

夜里，亲临分尸现场的山村村人睡不安稳，愈想愈怕，他们怕神、怕灵，也怕祖父。第二天，他们集合，互贾余勇，把圣王印从祖父的书房抢了出来，之后，他们到木匠家拜访，想求木匠补刻一尊圣王像，去了才知道，木匠昨天夜里就被埔村人，用几十把刀架走了，于是，他们绑回了木材，和木匠的老婆。

更大、更真、衣着更辉煌的圣王像，总算造成了，连着圣王印，经年供奉在庙。从此，山村村人总避着我祖父，只有在心有所求，求之圣王而不应时，他们才会暗暗想起他。

想起他时，他们就编造许多关于他的传说。有人说，祖父有四根舌头，所以会讲四种语言，和他相处久了，你连爹娘是谁都会忘记。还有人说，一生连让我祖母怀孕当天，都没有离开过书案的祖父，书房里还藏了几副备用的家伙，是以，猪瘟横行的那几年，我们家还有闲人闲情，翻修总是漏水的猪舍屋顶。

久而久之，"人畜兴旺"在山村，成了一句严重的粗话。

相反地，事实很快就湮灭在激动的情绪里，为人所遗忘了。祖舅公风吹人倒、行将就木的最后那几年，我总是随侍在侧，一抓着机会，我就抽出速记本，细问祖舅公，那一天，在我印象中向来倨傲沉默的祖父，究竟说了什么，能让三村故旧如此痴迷。躺在病床上的祖舅公，只是眼泪直掉，他说得了"磺气"，说得"东风"，说得"芒草""金针""裸猪"与"瓜屎"，但终段不成一语。

有几次，祖舅公甚至将我错认成祖父，激动得昏死过去。

今天清早，我收完蟹篓，刚爬出溪谷，远远地就看见我祖父站在马路边。我走上前，发现他穿着我父亲的雨衣、雨鞋，两手环抱我家厨房那一大瓮红砂糖。我问他在干什么，他喘着气，兴致奇好地回答我说，他要去看海，原本打算沿着公路下山，一直步行到海边，但刚出村口他就累了，所以姑且在此站一会，且休息、且等公车。我打量四周，想起了几十年前，这里的确建有一处候车的小亭子，只是后来乘客少了，原本一两个钟头来山村一趟的公车早取消了，小亭子和公车站牌，也都不知拆去多久了。

我知道，真正的终局就要到来了。

终局之前，唯一不变的是，处于公路终点的山村总是在下雨，并不是爽快的倾盆大雨，而是一种从各个物体表面每时每刻不断渗出的毛毛细雨——狗身上下狗毛雨、猫下猫毛雨，山村里的小孩都长大成人，离开山村了，他们婴儿时代的衣物，还挂在檐下干不了。

我问祖父，累了吗？祖父摇摇头，继续静立雨中，闭目养神。汗水浸透他的长衫，贴住了雨衣，我放下水桶，靠着护栏坐在马路上，等祖父逐渐调稳呼吸。背后溪流湍湍，鸟鸣声逐渐安静，四周更亮了一点，太阳应该已经完全升起了。此时山村内，三三两两醒过来的人，必定把软软重重的衣服，从压弯的竹竿上摘下来，套在身上，带几瓶酒，开始往门前那棵公共大榕树走去。

榕树底，有一顶石棉瓦与木柱搭起的大棚子，卡拉 OK 大风行的那几年，大家合作，在棚子里架了卡拉 OK，后来流行有线电视，他们也翻山越岭把电视缆线牵进棚子底。长久失业的村人，日复一日聚在里面喝酒、赌博、争是非、闹选举，一年中总有几回，他们会劳动分驻所几位衣衫不整的警员，开着警笛故障的巡逻车，前来树下关切一番，但大致上，并没有闹过什么大事，他们只是喜欢一起挤在棚子里，像几团浸在水里的棉花。

唯一不同的是，这些潮湿的棉花人，从我的父执长者，逐渐变成了我的同辈友伴。

童年时，我总是光着脚，和同伴在雨中跑来跑去。我们从家里偷出筷子，在沙地上挖洞，看着地底喷泉泌泌泌泌涌出，我们用罐子抓沟渠里的长臂虾、软壳蟹，把它们一只一只放进水田里，或者，我们从口袋掏出、从身上搓出、从地上抠出一团又一团的烂泥巴球，往三合院的猪舍里甩去，等祖父出来喊我们。

每一次，祖父都会从猪舍旁的书房走出来，在门口站好，招招手，用细细的哭腔对我们喊，快进来，不怕着凉吗？他向来慢条斯理的，但从他的神情，我们知道他真的着急了。我们不理他，继续对书房和公厕中间的猪舍丢泥巴球，阴暗的猪舍里，猪倒抽鼻子发出抗议声，我们乐得哈哈大笑。

在那个被满山遍野菅芒、赤竹、榕树与姑婆芋环抱的三合院落，祖父站在房舍末端，满眼满眼都是泥巴，书房门口、他的头上，挂着一个木头匾额，旁边，几头大猪疯狂地吼叫。泥巴地里，几个小毛头指着匾额问他，爷爷，上面写什么字？

祖父一字一字回答，养、志、斋。

哈，小毛头们人手一双筷子，唧唧唧唧敲着节奏，满头满身冒着没有方向的雨，奔跑着，喊着，养猪斋、养猪斋、养猪斋……

祖父兀立原位，像一只无可如何的鹤。

一直要到很多年后，我才发现，祖父年轻时，远近各村村人死亡的原因，第一是肺炎，第二是流行性感冒，因此，当祖父对我们招手喊话时，他恐怕真的以为，我们会因为在雨中奔跑而死掉。

如今，祖父抱着糖瓮，和我一起站在马路上淋雨，公车当然不可能会来了，但是我没有告诉他。我问他，记得我是谁吗？祖父眯眼，默默望着我好一会，像在观察一个胆敢粗声粗气惊扰他的二愣子。他不记得我了。

尪子上天山，远近最高的山，仍在远方吐着云雾，山脚下有一个冷水堀。

当年的故旧，死了，离了，只有祖父依旧健朗。终年不辍，祖父日日在猪只与人丁同样昏沉的冥茫熹微中独自醒来，在书房里，他突掌、舒指、松腰坐胯、沉肩坠肘、丹田内转、含胸拔背，将体内脏器颠倒位移行复整回，直到全身气息鼓荡，精神内敛，心无外求，一羽不能加，虫蝇不能落，经过的人和旁边的猪都不知道，他大清早就和自己干了一架，而且打赢了，存活了下来。

存活了的祖父在书桌前坐下，开始读书，渐渐渐渐沉落到另一个世界里。早上，那些老对着隔壁丢泥巴球的小毛头，还微微困扰着他，到了傍晚，他已经无所罣碍，声气不闻，当他终于察觉身后有人，回头一看，他觉得奇怪，早上书房外面满地奔跑的那个小毛头，怎么到了傍晚就长成大人，站在他的书房里了？

我站在祖父的书房里，看着满屋子乱走的书，心里充满了说不清的烦恼。那时，山村公车路线依然存在，我像捕鱼一样定期捉住一班公车，绕海岸潜进位于山村之后山的城内求学，我求得了一点学问，感到一点不怎么彻底的痛苦，因这么点痛苦而自觉骄傲，因这么点虚虚的自傲而察觉一点实实的孤单时，我总会跑回祖父的书房里，和他搭话。

我站在祖父阴暗的书房里，那时，我是一个比较天真、比较诚实的人，我抱起堆在一把椅子上的几本书，把书一本一本丢在地上，制造一点声音，好让祖父发现我，祖父从书桌前回头看我，我在椅子上坐下，直视祖父严肃的脸，任心中的疑问冲口而出。

我问祖父，爱情是什么？

我问他，人怎么这么愚蠢？

我问，我们活着为什么？

我，跑来问你干什么？

祖父皱眉审视着我，或许在心中，他对有个年轻人莫名其妙跑到他面前，这样荼毒严肃的文字，感到深深地厌恶，或许他只是盘算着，值不值得浪费时间跟我抬杠，最后，他总只叹口气，清空一块桌面，铺一张白纸，抓一本书，指几行字，要我近前，抄下，背起来。

……日出磺气上腾东风一发感触易病雨则磺水入河食之往往得病七八月芒花飞扬入水染疾益众气候与他处迥异秋冬东风更盛……

……男子惟女所悦娶则是女可室者遗以玛瑙一双女子不受则他往受则夜抵其家弹口琴挑之女延之宿未明便去不谒女父母……

……穀种落地则禁杀人谓行好事比收稻讫乃摽竹竿于路谓之插青此时逢外人便杀村落相仇定兵期而后战……

……人死以荆榛吹烧刮尸烘之环匍而哭既干将归以藏有葬则下所烘居数世移一地乃悉污其宫而埋于土……

我抄了、背了，事后发现那没有回答我的问题。只是当时，在祖父身旁，在逐字逐字的抄写中，我几乎每次都忘了，一开始进门时，我心中打算问的，到底是什么。阴暗的书房，满地乱走的书，我随手指一本，问祖父，书里写了些什么。

哪一本？祖父没好气地问。

这一本。

　　这本，有位诗人想念他死去的女友，写的一部诗。谁知道他的女友根本没死，有天夜里，女友偷偷跑进他的书房，看见桌上的诗稿，很受感动，为了让诗人继续把书写完，女友跑到外面，真的自杀死了。

　　旁边这本呢？

　　这本，有位圣人，晚年隐居在河边写的史书。后来他精神有些错乱，闷疯了我想，他宣称他遵循的是周礼，但是死前七天，他跟人说他其实是个殷人。

　　再过去那些呢？

　　还是史书，一位伟大的阉人写的。

　　他们说你有四根屌。

　　你记错了，他们说我有四根舌头，八根屌。

　　你有吗？

　　来，把这段书默出来。

　　偶尔兴致好好的时候，祖父会清出整张桌面，摊开一卷他手绘的地图，跟我解说他考察的成果。他说，从前从前，硫矿向来封禁，为了防止有人私自盗采，作为火器，四季仲月，地方官会连同近驻兵警入山，在尪子上天山附近聚集采出的硫黄，就地焚烧。烧硫磺是个苦差事，火一发，磺气蒸郁，入鼻昏闷，诸官员有金银藏身者，不数日皆黑。禁不胜禁，烧不胜烧，只好官营开采。

　　他说，许多年后，他就跟着采矿队来到了山村，那时山村地热，入山探磺矿必趁半夜，日出即归，还必须时时用糖水洗眼，以防被磺气熏瞎了眼。

他说，红砂糖多从海路，由汽船辗转运来，有一次，他曾在海边亲见运糖汽船搁浅，为防抢夺，船长命令解开货物，尽弃于海。当时那艘船，如同夕阳逐渐沉落，海水为之焗红，那是，他所见过，最美的景象。

说着，他张开虎口，比了比地图上的海岸线，然后用手指一一追踪地图上的地名，从滴水尾、老山头、枫濑濂洞，经梳榔脚、鲫鱼潦、尪子上天，过石碣后、九穹顶、半碉亭埔后又回到滴水尾。他说，这些地点底下，矿坑坑道筋脉相连，接驳有序，条理俨然，就是这样，他打通了远近各村，比谁都还要了解这个地方。

比那些，在地表上生生死死、哭哭笑笑的人，都还要懂得，这个世界。

那么，这个地方呢？有一天，我趁隙，指了地图上的一个点，问祖父。

冷水堀？那是后来山村地冷了以后，所形成的一个无用的水坑。

我的意思是……你记得吗？冷水堀，我祖舅公，圣王庙。

你对地方宗教有兴趣吗？好，我给你看件有趣的东西。祖父从书架上搬出几大捆纸，他说，当然，我没有错过对地方宗教的考察，这堆纸，记载的是远近各村的庙宇，建成的沿革及所供奉的神像，这份，是据说本地最灵验的神，"王光大帝"的考据。你知道王光是谁吗？祖父招招手上一叠几乎就要碎成粉末的旧纸，瞪眼问我。我说我不知道。

当然你不知道，祖父说，没有人知道，但是总算千辛万苦让我考出来了。王光，根本是一个虚构的小说人物，他只出现在明朝一位姓余的读书人的游记里。更有趣的在底下，祖父放下纸，从书桌旁拖出一个大木箱，祖父吹吹灰尘，掀开木箱，我看见箱里，仍旧封着几大捆纸。

这里面，祖父说，我记载的是本地有史以来，所发生过的几次重大天灾。你看看最近这份，西历一六四八年——也就是清顺治五年、南明永历二年——七月，一个大台风经过本地，把本地仅有的二十四户用茅草和竹竿造成的人家，全数吹进海里，无人生还，过了大约二十年以后，本地才又有人居住，那已经到了清康熙年间了。可以说过了当时，此地才有文人某，翻翻手边前朝闲书，捡出一个人名，奉为神祇，而且居然灵验，后代也就因循相信，有趣，有趣。

说到西历一六四八年的大台风，你知道当时怎么了吗？当时，自奉"招讨大将军"的郑成功，就是趁着这同一个台风东来压境时，兵出金、厦，攻克了泉州和同安。想不到，整整十年以后，当他率水陆军十万，战船两百九十艘北上时，在长江口附近，又遭遇一次大台风，这次，郑氏覆舟丧师、退回舟山，几仅以身保。

说到郑成功，你看看桌上的地图。祖父回身，推开桌上杂物，亮出地图，他指着地图上某处，问我，看到地名了吗？这里叫国圣埔，那是因为……

我就是在这时悄悄隐退，退出了祖父的书房，从此没再进去过。我不知道必须经过多久，祖父才会回过神来，发现他唯一的听众已经走了，但是我想，就算他终于发现了，他其实也不在乎。现在，祖父在我身旁，他已经认不得我了，他怀抱糖瓮，一心一意等着不可能会来的公车，丝毫不觉有说话的必要。

轻轻地，我把水桶里的大蟹一只一只抓出，在马路上放生。沙蟹横行，有几只窜近祖父脚边。我把水桶突然推倒，任它滚动，发出一些湿淋淋的声响，我以为这样能激得祖父想起什么，开个口，说些话。

但祖父长衫静立，像一只鹤。

最后一次离开祖父书房的那个傍晚，我走在三合院的泥地上，心中突然想念起童年那双筷子。那时，我们像群心无所求的乞丐，由于心眼依旧盖着童骏一片，即使总是身在雨中，我们还是看不出，有什么必然会消失的光与温。

唧唧唧唧，唧唧唧唧，在那个纸张在雨中命定腐坏的过往山村里，祖父曾确切地对我说，据他考证，本地越三四百年会有一场毁灭性的灾难，一切会从头来过，人类重活，史书重写，然而，那不是因为什么神灵作祟的缘故，那只是因为，坏掉了的东西就会死掉。然而，祖父补充，不求天启，求之于心，我们依然要努力做些什么，留下些什么。然而，祖父回到他的书案前，指指面前的书，他说，你还是要记住，文字用你，不是你用文字，因为，文字比你活得久。

在那个纸张在雨中命定腐坏的过往山村里。

祖父的逻辑像个圆，行动像个圆，信仰也像个完整的圆，任何畸零不具意义的往事，都自然而然地，被他排除于记忆之外。我知道，祖父不会记得，很久以前，我曾经像现在这样，陪他等了好久的公车。那是我童年时的某个秋天，祖父带我到海滨街上剪头发，剪完头发，我们一起在海边，等公车回山村，公车也许脱班了，也许在路上坏了，那天，原本一两个钟头该来一班的公车，我们等了半天，都不见踪影。

那天的结局是，祖父决定不再等了，我们一同缘着溪边马路走上山，马路新铺柏油，避过山壁淌进山坳铺得歪歪斜斜，颠颠簸簸走在上面人也像要融化一般。半路上，雨下大了，我时时转头看看道旁的指标，总觉得上面写定的里程数，怎么好像总走不完似的。突然间，走在我后头的祖父消失了，突然间，他又从前方道旁的菅芒花丛中钻了出来，手上举着一只用菅芒花编成的鸟，鸟脚是花梗，鸟尾是苍黄的菅芒花穗，祖父微笑着——他确实对我笑了——把那柄花鸟交到我手上。

细微的风，带着雨，飒飒飒飒在我眼前，从鸟尾滑过。

我感到惊讶，我问祖父，你怎么会做这个？

祖父转身继续向前走，他说，这条路是他从前来来回回踏出来的，路上所有好玩的事，他都知道。

我跟着祖父走，觉得不累了。我注视着他，盼望着，不知道他什么时候会再突然消失，从道旁再带回什么让人意外的东西。我精神警醒地跟在他身后，一直到了公路的终点。

我想我也在等待，等待一个真正的终局。

我知道，祖父这次再也动不了了。雨水打下，汗水浸透了他的长衫，沙蟹横行，在他所踏出来的路上，他一心等着不可能会来的公车。

我知道，昨天夜里，这位在自己的精密考据中，具体地说，是自西历一六四八年七月以降，本乡境内学问最高的人，终于离了他那千万人往矣吾独溯之的书房，那时我刚布置完蟹篓，走到公共大榕树下棚子前，发现他独自一人在里面，静坐看雨。

棚子里丢满了酒瓶和纸牌，他收集一叠纸牌，仔细分类，虽然他从来没有打过牌，但他确定，长久以来，村人所玩的纸牌，仍旧只有四种花色。

他拾起桌上的电视遥控器，按开电视。

第一台，摔跤台上两个男人绞在一起。

第二台，一个女人做爱的脸。

第三台，一个小孩像狗一样不断哀号。

人怎么像狗一样叫呢？祖父不解，默想一会。

他转头，看见棚子外面，各家各户的檐下，都挂着满满的衣物，几乎遮住了大门。是这样的，他想，自古以来此地风俗即如此，他记得不知道哪本书上记载过，此地人在聚宴时穿衣，长衣穿于内，短衣穿于外，一身凡十余袭，如裙帏扬之，以示豪奢，宴散，则悉挂衣于壁，披发裸逐如初。自古以来，此地即无君长与徭役，以子女多者为雄，众人听其号令。

但，最伟大的造史者是个阉人，他想，就像我一样，我虽然无友无伴、无祖无后，却毫不孤单，我是太阳，太阳只要将自己燃烧殆尽，就知道远近四方，不可能会有光了。他突然想去看海，海面上夕阳沉落，一片鸩红。

天亮了，山村内第一个醒来的人，把衣服从压弯的竹竿上摘下来，套在身上，带几瓶酒，走到榕树下大棚子底。棚底无人，他发现不知道是谁，把满地纸牌，都在桌上分类排好了，桌旁电视开着，一个小孩像狗一样不断号叫。

他拾起桌上的电视遥控器，转台。

第一台，一个女人做爱的脸。

第二台，摔跤台上两个男人绞在一起。

第三台，同一个小孩学同一头狗不断地号叫。

他摇摇头，关掉电视，坐下等待，等待一天聚宴的开始。

天更亮了，山村里一对夫妻在家里醒来，太太到厨房，发现架上不见了一大瓮红砂糖，先生到外面，发现檐下不见了雨鞋和雨衣，他们发急，满地乱喊，喊猪，喊狗，喊爸爸，最后发现，全家只剩他们两个人。

天更亮了，在村口马路边，一对祖孙等公车，祖父不认得孙子，孙子不跟祖父说话，孙子成了一个不那么天真、不那么诚实的人。多年以前，他重回山村，带几瓶酒，和童年友伴挤在棚子里，喝一天酒、打一天牌、唱一天卡拉 OK、看一天电视摔跤，像政客一样重新赢回他们的信任。在那个或者因为酒的麻痹，或者因为相聚的喧哗，而人人不感觉痛苦的棚子底，几天之内，这些友伴，就羞涩郑重、支离坦然地对他的速记本，交代完了他们常住山村的每日每夜。

　　酒酣耳热的童年友伴，用长满胡渍的脸贴着他执笔的手，涕泪四纵，亲热地问他，记得吗？小时候有一天，你、我、某某某和某某某，曾经相约，一起跳河自杀。

　　呃，对，他小心翼翼，用友伴没有察觉的方式抽回自己的手臂，推推脸上仿佛虚饰的眼镜，快速从空中抓住一句话搭腔，他说，对，自杀一直是本地十大死因的第三名。

　　童年友伴哈哈大笑，用铁拳重重捶在他的胸膛上，并且不忘马上扶住向后倒的他，友伴对他说，你果然是你祖父的孙子。

　　孙子猛抬头，发现雨居然停了，许久不见的太阳高高挂在顶头，比最高的山头还高。公车总不来，一头路过的野狗在祖孙面前停下，张开大口，对着太阳疯狂吼叫，山为之震而无陵，水为之撼而无涯，如此片刻有顷。祖父听着，直到一切复归沉静，在他心中连成一个圆，他叹口气，吐出一句话。

　　我听见我祖父说："这就对了。"

　　　　——本文获二〇〇二年台湾"联合报文学奖"短篇小说大奖

叫魂

四月四日妇幼节，在山村就读小学六年级的吴伟奇，正放着春假。他记得，就在昨天，终于有人上山来，将坏了好几日的山村电话线路修好了，除此之外，他所居住的山村，近来无事发生。他坐在家门口，看着远远一棵大鸟雀榕的树荫下，他的堂侄子，吴火炎，坐在一把椅子上睡觉，睡得浮浮沉沉。吴火炎令他想起随着水族箱的气泡串，漂漂荡荡的大眼金鱼，远远看，觉得它正优哉游哉游着泳，走近前一瞧，唉呀，这鱼已经死了嘛。

吴火炎比吴伟奇大四五十岁，自吴伟奇有记忆以来，吴火炎就处于待业状态。这次春假，吴伟奇观察了吴火炎三天，吴火炎就在那把椅子上，睡了整整三天。

鸟雀榕的主干极壮，但枝叶薄脆，立在地面上，像一把直直倒插的扫帚，风吹过时，枝叶乱颤，满树皆鸟、无枝不雀地骚动不息，凉意陡然卸去了大半，只剩下鸟大便似的软大树籽，一坨一坨直往下坠，叫人心烦气躁。没有数十年露天睡觉的修为，谁也不可能在鸟雀榕底下，像吴火炎睡得那般香甜。

吴火炎不在家里睡是有原因的，因为他和自己的母亲不和。吴火炎的母亲年纪轻轻就守寡，她严格教育唯一的儿子，一心让他读书、考公务员、当大官，待吴火炎大学毕业，他的学问已经大到写字字会跑、说话话会飞，大家愈是万分不懂，愈是佩服万分。有一天，吴火炎从城里回来，摔了一张纸在桌上，说他遂了母亲的愿，从明天起，就要受聘往县政府当差。

吴火炎的母亲心想，这就是功名提榜上、受领一个县的意思。她默不作声，从供着吴火炎父亲牌位的神桌抽屉底，拉出一串准备了很久、很长的鞭炮，自去外面放了。鞭炮经久受潮，声音闷闷地响不起来，吴火炎的母亲自站着，也憋了两眼泡满满的泪，哭不出来。

第二天，吴火炎当差的第一天，吴火炎的母亲早早起身，熬好一锅粥，唤醒吴火炎，推着手推车，自往市场摆摊去了。吴火炎起床，吃了粥，穿戴整齐，坐在客厅里抽了根烟，他看看门外晒衣竿下残余的鞭炮屑，皱了皱眉，拿起扫把、畚斗，去外面扫地，扫完地，他回头看看门内客厅，一根抽完的烟头正从烟灰缸上慢慢滚下来，掉进满地的尘灰里。

吴火炎又皱了皱眉，他提了一桶水，到客厅拖地。

拖完地，吴火炎又整理了厨房和卧室，这样忙了老半天。

午后，吴火炎的母亲推了空推车，从市场回来，看见吴火炎坐在门槛上，两眼空空、拳抵着腮沉思，身前身后，满地漾着水光，门上新换的春联，未干的墨迹直往下滑。吴火炎的母亲弃了车，急趋向前，问她儿子："怎么了？"吴火炎喊了声："完了！"就不说话了。从此以后，吴火炎也不往县政府当差了，他搬了一把椅子到树下，坐着睡了几十年。

几十年过去了，到了四月四日妇幼节这天，吴伟奇看见吴火炎的母亲，也就是自己的堂嫂，拄着拐杖，从鸟雀榕旁的一间矮房走了出来。今年七八十岁的她，脚跨门槛，背倚门柱，将拐杖夹在腋下，两手撩起裙角，张开嘴巴，扯起嗓门，缓缓慢慢、悠悠凄凄地，一一呼唤所有她认识的人。有的人，已经过世很久了，她唱着名字的神情，好像是照着他们墓碑上刻的字一路往下念似的。

吴伟奇知道，他堂嫂只是想叫人，帮她跑个腿，去杂货店买点东西而已。

终于，他堂嫂唱到吴伟奇的名了，吴伟奇站起来，拍拍屁股，牵着捷安特，走过鸟雀榕，来到他堂嫂跟前。他堂嫂颤巍巍从裙腰底袋，翻出一张荡气回肠的钞票，交给吴伟奇，吩咐他，到杂货店，买两包黄色的、硬盒的长寿烟。

"长寿？"吴伟奇问。他堂嫂点点头。

"两包？"吴伟奇又问。他堂嫂还是点点头："两包我够抽了。"

吴伟奇微感惊奇，因为他从来没有看过他堂嫂抽烟。他推动捷安特，一跃而上，骑了出去，正要加速踩踏板时，他瞥见吴火炎居然从椅子上站了起来。

　　吴伟奇大感惊奇，紧按刹车，跳下捷安特。他看见吴火炎站直身，叉着腰，对着他母亲喊："找什么？"顺着吴火炎的目光，吴伟奇看见他堂嫂正伏在地上，嘟着嘴巴，咕咕咕咕学鸡叫，她扬起头，回答吴火炎说："找我们家那只母鸡。"

　　吴火炎问："找母鸡干什么？"

　　"找我们家那把菜刀。"他堂嫂说。

　　"你是找母鸡还是找菜刀？"

　　"找菜刀。"

　　"那关母鸡什么事？"

　　"刀在它身上。"

　　"什么？"

　　吴伟奇的堂嫂叨叨絮絮说，她想吃鸡肉，就拿了菜刀到后院鸡舍，提出家里唯一那只母鸡，抓住鸡脖子，蹲下，一刀砍落。但菜刀沉，母鸡抖，人眼花，一刀没砍准，整把菜刀卡在鸡后背上拔不出来，她放了鸡，站起来，活活筋骨，低头一看，鸡已驮着刀不知飞到哪里去了。

　　"什么时候的事？"吴火炎问他母亲。

　　"就今天早上。"

　　"早上？现在都下午了你知不知道？"吴火炎边说边往家里走，喃喃念着，又不是过年杀什么鸡？没事找事做！一回头，看见吴伟奇正望着他，吴火炎大睁双眼，对吴伟奇熊吼一声："阿叔，你在看什么？"

　　听见他堂侄子对他吼，吴伟奇赶紧骑车跑了。

吴伟奇知道今天的日记要写些什么了。

他骑着捷安特，沿田边小路，往大马路上的杂货店去。他觉得今天很特别，因为，吴火炎居然从椅子上站起来，跟母亲说话了。吴伟奇上一次看到吴火炎这样做，是在好几年前，那架军用运输机摔下来的那个下午。那时候，吴伟奇刚学会骑脚踏车，只要有空，他就骑着他的捷安特，在大路小路上绕来绕去。那天下午，他在捷安特上，看见一架军用运输机，从他头顶，以半圆形的轨迹低空掠过，一头栽进远处的山沟里，那个山沟无人居住，只长满了盘根错节的小榕树、横七竖八的黑绿竹子，还有大片大片的姑婆芋。

火光窜起，一阵巨大的音波照面打了过来，吴伟奇当场愣住，他张大嘴巴，怔怔看着前方。这时，吴火炎像弹涂鱼一样，缩腹从那把椅子上弹了起来，眼放精光，冲回家里，吴火炎的母亲也正好冲出家门，两人在半路相遇，吴伟奇看见，这对在他印象中，从来没有说过话的母子，手携着手，彼此对望了好久。

吴火炎问他母亲："怎么办？"

他母亲遥指火光，对吴火炎说："快！去看看！"

吴伟奇只见吴火炎鲨鱼也似的，向那正在燃烧的莽林里游去。

这么一想，吴伟奇赶紧抬头看了看天，天上没有任何东西，天空自己就是面蓝太阳，蓝蓝地烧着，烧得小路两旁光秃秃的水稻田，也一片蓝莹莹。旱地上，番薯藤努力攀到沟渠里吸水，所有茄子全都向下挺直了，树上，家秋鸟的蛋提前孵化，刚探出头的幼雏撞着烘烘热浪，闭眼瞎嚷："收稻谷、收稻谷、收稻谷……"吴伟奇想起，有一天，他的老师李国忠，站在黑板前，忧心忡忡地问大家："各位小朋友，看看天空，你们有没有发现，有一件事情很奇怪？"坐吴伟奇后面的何志勋偷偷说："教室里看得到天空才奇怪，老师又喝醉了。"他伸长了脚，不断踢吴伟奇的椅子。

李国忠说："你们有没有发现，从放寒假开始到现在，都没有下过雨？"

何志勋说："这个我看新闻就知道了。"

吴伟奇回头骂何志勋："你不要一直踢我行不行？"

但李国忠没有听见，他继续说："这真的是……太……想想看，一个地方……四面都是水，大家住在里面，都要渴死了……"

何志勋用力踹了一下椅子，告诉吴伟奇："注意看！老师又要哭出来了。"

李国忠说："我现在发下新的笔记本，从今天开始，你们每天都要写日记，不管发生什么事，都要好好记下来，知道吗？"

说完，整间教室爆出抗议声，李国忠抹了把眼泪，抱了一叠笔记本，走着，一本一本发下去，他说："大家要好好珍惜现有的一切，知道吗？"吴伟奇领了厚厚的笔记本，看看李国忠，他真想要好好地叹口气。

　　远方小路的尽头，有一个人，不断叫着："张先生、张先生、张先生……"

　　沉默片刻，又传来"咚、咚、咚、咚"捶打铁卷门的声音。

　　"张先生、张先生、张先生……"

　　"咚、咚、咚、咚……咚、咚、咚、咚……"

　　吴伟奇骑到大马路上，拐了个弯，来到杂货店前，他发现，在杂货店门口大声叫嚷和捶门的人，不是别人，正是他的老师，李国忠。

　　"嗨！"李国忠看见吴伟奇，停止喊叫，打招呼说，"买东西？张先生好像不在，等一下吧！"吴伟奇把捷安特停好，在杂货店外的长板凳坐下，李国忠也挨到他身边坐下。相当长的一段时间，吴伟奇和他的老师，坐在板凳上等。他们看着前方的大马路，马路再过去，是一棚一棚种丝瓜的棚子；再过去，是大片大片的杂木林；再过去，一条轻轻浅浅的小溪；再过去，一道突然高起的山壁。吴伟奇看着，总觉得有点不对劲，对了，他突然想到，为什么除了他和李国忠外，到处一个人也没有？不只到处一个人也没有，大马路上，一辆车也没经过，丝瓜棚下，一朵黄花也没开放。

　　"啊……"李国忠打了一个响亮的酒嗝，高声念起，"清明时节雨纷纷，路上行人欲断魂，借问酒家何处有，牧童遥指杏花村。"念完，舌头"啧、啧、啧、啧"在嘴里抠着牙缝，好像在品尝那首诗。

　　吴伟奇觉得好尴尬。

李国忠说:"断魂的雨,在我前面,没有下;卖酒的地方,在我后面,没有开……但是,明天就是清明节,清明节还是要过的,因为,清明节的目的,是,这个,为了,纪念……这真的是……太……"吴伟奇抬头看了看李国忠,他真怕他的老师又哭了,还好,李国忠并没有哭,他正缓缓伸出两手的大拇指和食指,在面前搭成一个方框,透过那个方框,不知在看些什么。

学校里的人,都管李国忠叫"李疯子"。吴伟奇读小学的第一年,李国忠驾了辆前后都没有保险杆的裕隆房车,冲进烟沙滚滚的小学操场,差点没撞上升旗台。李国忠下车的第一件事,就是哭,那是他转到这所山区小学来任教的第一年,但是他逢人便大力握手,凄凄地说,他说不定马上就要调走了,所以,会好好珍惜和大家相处的时光。每年学校的尾牙宴,李国忠都会这样哭一场、闹一回。这样过了好多年,到了吴伟奇升上六年级时,李国忠成了吴伟奇班上的导师。

最近一次学校的尾牙宴后,据说,李国忠趁着醉意,开着他的裕隆房车在山上飙,一头撞到山壁上,差点没把自己撞死。

"吴伟奇、吴伟奇、吴伟奇……"李国忠突然两手围成扩音器状,不断向前方呼唤吴伟奇的名字,他转头对吴伟奇哈哈大笑,又继续叫着,"吴伟奇、吴伟奇、吴伟奇……"他问吴伟奇:"为什么大家那么喜欢叫你的名字?"

吴伟奇不说话,他心想,还不是你李国忠害的。规定完大家每天都要写日记的第二天,李国忠不知从哪里弄来了一个水族箱，放在教室后面，李国忠说，为了让大家"深刻地感受水对生物的重要性"，他现在要发给每人一条小金鱼，希望大家好好照顾。吴伟奇领到一条红白相间、额头带黑点的，连同其他七位同学的七条鱼，一同养在水族箱里，每天午休时，大家像养鸡一样，把大把饲料撒进水族箱，引得众金鱼凶猛抢食。抢得多的发育得快，渐渐显出胖瘦之别，但大致上，每条鱼都长大了，水族箱就显得空间不够了。

某个星期一，大家放完假回到学校，发现吴伟奇的鱼首先出局了，它身上所有突出的部位，包括眼、尾、嘴、鳍，都被啃掉了，翻起白肚，像一颗球，被水族箱箱底冒出的气泡串推着，在水中一跃一跃的，既不整个浮上来，也不完全沉下去。从此以后，"吴伟奇、无尾鳍，吴伟奇、无尾鳍……"大家总是这样笑他。

"你好像很不喜欢说话。"等不到吴伟奇回答，李国忠这样说。

吴伟奇还是不说话。

"没关系，"李国忠说，"有的人话很多，有的人话很少，有的人讲话很直接，有的人讲话总是绕圈圈，只要别人可以谅解就好……不要像我一样就好。你知道我有时候觉得自己像什么吗？我像一颗高尔夫球，那边有一个洞，让我滚进去吧，哈哈。"吴伟奇看了看李国忠，他觉得李国忠，真是个好人。

吴伟奇记得山村里每一个人发生过的事，所以，他知道李国忠在学校里做过的许多好事——他加了两架手风琴在学校乐队里，让朝会的升旗歌听起来像两头大狗同时在喘；他帮因为退休后想当农夫而在学校到处垦荒的校长，种活了山药薯；在最后连何志勋的鱼都死掉了的那天，为了安慰大家，他还邀大家放学后，一起去溪边游泳。

只是，吴伟奇并不对鱼的死亡，感到特别难过。他还在娘胎里，就作了人家的阿叔，而且自小就在这个山村里长大，他看过，无风无雨的时候，一架飞机会自己从天上栽下来；他看过，在他家后院，两只公鹅联合把另一只公鹅压进水塘里，让它活活溺死；他还看过，在他祖母的卧房里，两位医生一起拔掉他祖母的氧气管，旁边，另一位乡公所的人员，立即开了死亡证明。

他的祖母，躺在床上六年，每天有四回——清晨四点、上午十点、下午四点和晚上十点——他的父母要打早起床，或从田地上赶回来，为他祖母翻身、按摩、搽药。吴伟奇在小学里学会四则运算以后，曾经算过，六年中碰到两次闰年，所以总共三百六十五乘六加二等于两千一百九十二天，两千一百九十二乘以四等于八千七百六十八，也就是说，他们至少为他的祖母，翻过八千七百六十八回身、按过八千七百六十八回摩、换过八千七百六十八回药，然而这些，还是不能阻止新生的脓水，从他祖母灰黄的皮肤底一直流出来。

发现鱼被同学的七条鱼联合啃死的那天，吴伟奇放学，经过祖母从前的卧房门口，马上就把想说的话吞回肚子里去了。

那时候，吴伟奇突然发现，他的祖母、他堂嫂，还有他的同学刘宜静的祖母等等老人家，有一个习惯很像——她们住在一个房间里，总是叨叨念着，希望有什么亲旧故友可以来探探自己。盼着盼着，终于有人来看她了，但坐没半晌、聊没几句，她又急着问："你也很忙吧？别耽误了正事，要不要回去了？还是赶紧走吧！天快黑了，公车很难等啊！"好像喜欢把人在路上赶来赶去似的。

吴伟奇的同学刘宜静，在吴伟奇升上六年级前的那个暑假的某一天，和她祖母一同去城里看祖母的姊姊，回来时遇上了台风，她们急着抢路回家，结果被暴涨的溪水冲走了。几天以后，人们在海里捞到了刘宜静的祖母，她全身赤裸，僵硬的四肢固定住一颗大石头，人们想把石头搬开，刘宜静的祖母的脸，哑哑哑哑吐着水。

而刘宜静，始终没有被找到。

有一天，吴伟奇独自坐在学校操场上、跳远沙坑旁的那架地球仪里。那架地球仪，是刘宜静的父亲送给学校的纪念品，用不锈钢柱焊成，人可以坐在里面原地打转，坚固的基座上，镂着刘宜静的名字与生卒年月日。吴伟奇脚踢着地，一边让自己转着，一边想着，不久以前，当水族箱里的鱼都死光了的时候，李国忠还提议要去那条淹死刘宜静和她祖母的溪里游泳，把大家吓了一跳。

吴伟奇想，如果刘宜静没有被溪水淹死，那李国忠的水族箱里总共会有九条，而不是八条金鱼，那么，最先死的，会是哪条鱼呢？无论如何，吴伟奇又想，照这种养法，鱼迟早还是全部会死吧！李国忠这个人为了安慰大家，还是会邀大家去溪里游泳吧！但是，这时候，大家就不会被李国忠的提议吓一大跳了。

但是，吴伟奇再想，如果刘宜静根本没死，就不会有他现在坐着转着的这座地球仪，没有这座地球仪，他，吴伟奇，就不会想起"如果刘宜静没有被溪水淹死"这件事，那么，现在，他到底为了什么在想这件到底发生了什么的事呢？

但是，吴伟奇还想，如果包括刘宜静，大家都没被李国忠的提议吓到，真的都跟他去溪里游泳，结果，不巧刘宜静又被同样那条溪给淹死了，刘宜静的爸爸还是送了同样这座地球仪来学校，那么，现在，到底是谁会为了什么在想这件到底发生了什么的事呢？

这样坐着转着想着，吴伟奇突然觉得头很晕，他想发点声音，却不知道该说些什么，于是，他喊着："刘宜静、刘宜静、刘宜静……李国忠、李国忠、李国忠……何志勋、何志勋、何志勋……吴伟奇、吴伟奇、吴伟奇……"无论如何，吴伟奇想，他其实很喜欢去那条溪游泳的，溪边有石滩、夕阳，还有不固定会从山壁的哪里倒下来的清凉瀑布，他潜入溪底，起来的时候，耳鼓结了一层水膜，周遭的声音都听不清楚，只知道一定是愉快的。

红晕的夕阳下，大片大片的杂木林洋洋绿着，天好像永远也不会暗，他就坐在一颗暖烘烘的大石头上，把自己晾干。

"阿伟奇啊……阿伟奇啊……阿伟奇啊……"那是他的祖母，她走到大马路旁的杂货店前，要来赶他回家。他的祖母已经死了，他知道，他们拔掉她的氧气管，摔了一张死亡证明在桌上。已经过了六年了，有一天夜里，他父亲坐在沙发上，突然淡淡地说，就明天吧，找人来拔管。

同屋的众人，继续默默看电视报明天的气象。

吴伟奇和他的老师李国忠，坐在杂货店前的长板凳上，吴伟奇问李国忠："那一天，你找大家去游泳，你知道，为什么没有人要跟你去吗？""哪一天……没有人要跟我去游泳？"李国忠搔搔头，想了想，他回答，"大概是……因为……大家发现我很久没洗澡了吧，哈哈哈。"吴伟奇直直看着前方，他没有听见李国忠说什么，他想起，他应该为他堂嫂买到两包黄色的、硬盒的长寿烟，于是他站了起来，牵起捷安特。

李国忠问他要去哪里，吴伟奇说，他要去找杂货店老板，张先生，他知道张先生会去哪里——吴伟奇总知道山村里的每一个人，该出现在哪里。李国忠听了很高兴，握住捷安特把手，说："一起去，我载你。"

"不要，"吴伟奇说，"你要去的话，我载你。"

李国忠说："不行，我载你，我是你老师。"

"我载你，"吴伟奇说，"这是我的车。"

吴伟奇骑着捷安特，载着他的老师李国忠，在大马路上前进。李国忠站在后轮轮轴的踏条上，左手搭着吴伟奇的肩膀，右手大惊小怪地指东指西，好像刚刚出狱的囚犯。吴伟奇发现，李国忠虽说在学校宿舍里住了快六年，但对这山区好像很陌生似的，真不知道他每天是怎么过的，这种人，还敢规定他们每天都要写日记，而且，还差点把自己撞死在山里面。

刚开始写日记的前几天，吴伟奇觉得很苦恼，不知该记些什么，后来，当他发现李国忠好像忘了这件事以后，就开始在笔记本上编故事，有一天，突然愈写愈顺手，现在，他每天最想做的事情，就是翻开笔记本，继续写下去。

吴伟奇写，下午放学后，他和朋友一起打棒球，但是没有人有办法把球打出去，因为球是一颗大大圆圆的鹅卵石，而球棒是一根细竹竿，最后，他那一队，因为对方投手接连的触身球、暴投，再加上捕手一直漏接，以一比零险胜，打完球后，大家一起下山去看医生。

他写，今天，有一架飞机摔进山沟里了，他指派他的堂侄子，有大学问的吴火炎，带着开山刀和板斧，上山搭救。吴火炎劈开飞机门，听到里面有人喊："阿火炎啊……"走出来的，竟然是吴伟奇的祖母，原来，这架飞机载的，都是早就死掉的人，他们参加阴间观光团，想不到飞机失事了。活人遭遇飞机失事，就全死了，但死人遭遇飞机失事，就全部活了回来。

他写，刘宜静和她的祖母，也从飞机里，手牵手走了出来，刘宜静的祖母不再七孔吐水了，她对吴伟奇微笑着。刘宜静也和以前一样，一笑就让人觉得好开心，她对吴伟奇说，你每天偷摘的指甲花，可以不用放在地球仪里了，我的抽屉还是借你放。

　　他预备写，有一只母鸡驮着菜刀，流着血，奋力飞进杂木林里，众鸟在林子里为母鸡会诊，鸟国之王，一头大老鹰说，谁——就算是万物之灵的人类——都难免会遭些意外，一点点伤死不了的。它给了母鸡一本农民历，要母鸡专心读，它一面为母鸡拔刀接骨，母鸡勇敢而专注地读着书，面不改色，片刻之间，大老鹰已用利喙拔起刀、接了骨，还在母鸡的伤口上涂了药，母鸡马上全好了，它拍拍翅膀，很高兴地生下一颗蛋。

　　沿着大马路，吴伟奇奋力踩着捷安特踏板，觉得心情好多了。他看见路旁有一个人，头戴墨西哥草帽，肩膀搭着钓竿，在路上闲闲走着，吴伟奇大声对李国忠喊说："那是阿喜露！""喔！"李国忠对那人招招手说，"你好！"低头又问吴伟奇："谁是阿喜露？"

　　阿喜露的父亲同吴火炎的父亲一样，很早就过世了，不同的是，阿喜露的母亲，为了怕唯一的儿子到处乱跑，不让他出门读书、学种田，也不让他当学徒，临死之前，她帮阿喜露讨了位越南新娘，越南新娘骑脚踏车，去山下工厂工作，每天可赚新台币六百元，她留下两百元买电话卡，其他的都交给阿喜露。阿喜露每天提着钓竿，沿着溪岸逛来逛去，不管钓起的是溪哥仔，是泥鳅，还是放水流的死狗，他都只是微微一笑，把东西又丢回溪里去。

　　"那是何志勋的爸爸！""喔！你好你好！"何志勋的爸爸，骑着野狼125，后面篮子放着刚自市场买回的菜，和他们擦身而过。他是山村的理发师，就住在学校对面，放学路队走出校门时，他时常醉醺醺地从马路对面冲过来，一把拎起何志勋，把他抓回家剃头。何志勋的妈妈很久没回来了，何志勋说这样也好，免得被揍。何志勋的家里有很多朋友，有乌龟、变色龙，还有一条青竹丝，他在班上养的金鱼，活得最久，因为放假时，他总是偷偷翻墙回到教室里，跟他的鱼说话，喂它吃他独家调配的"何氏续命丹"。有人还看见，何志勋顶着刚剃的光头，用茶叶罐装了他的金鱼，带它到操场上散心。

吴伟奇指着旁边树丛喊："那是警察萧文龙和萧明祥！"李国忠没出声。萧萧二人组把警车藏在树丛里，坐在车上抽烟，一根接一根，他们等着要抓路过的飙车族。每逢假日，总有城里的人，特地开着荧光敞篷车，或是大轮子跑车，车上放着电子鼓声，一辆接一辆，千里迢迢开到山上来撞山壁。对了，吴伟奇想，李国忠一定会过他们了，想到李国忠的车，他忍不住笑了起来。

又有一个人，骑着摩托车，喃喃自语，摇摇晃晃跨着两线道，与吴伟奇错车，吴伟奇喊："那是阿全！"阿全有一天睡醒，觉得脖子很痛，他发现他父亲，趁全家睡觉时把家人一一掐死，自己也喝巴拉松自杀死了。办完丧事，阿全开始每天吸强力胶。有一天，他吸完胶，在山上甘泉寺后的草地上郊游，被寺里众尼姑用各种法器围殴，打得很惨，打到他发誓要信佛祖、改吃素。现在，每次吸完胶，阿全就自己对自己念："有情来下种因地果还生无情亦无种无性亦无生、我要戒了、我要戒了、我要戒了……"

　　吴伟奇听见后面警笛响了起来，他想，萧萧二人组开动警车，要去抓阿全了。前方，又有一个人开拖拉机经过，吴伟奇告诉李国忠："那是武雄伯！"武雄伯今年六七十岁了，自己独居，平时开着租来的拖拉机，帮人搬运东西、打零工，赚了钱，一半存在一个铁罐里，一半拿去看医生、买药吃。每逢选举期间，有人登门拜票，他就平静地对来人说："少废话，谁继续让我领每月八千块的贫民补助，我这票就投谁。"前年，有个女人答应要跟他结婚，武雄伯二话不说，送给她沉沉一铁罐，不久，他收到那女人寄来一盒喜饼——她嫁别人去了。武雄伯平静地吃完那一铁盒喜饼，继续打零工、看医生、买药吃，把钱存在铁盒里。

　　又有一辆小发财车开过去了，吴伟奇说："那是树根伯！""嗳。"李国忠应了一声，他开始不耐烦了。吴伟奇笑着，他想，李国忠不知道，树根伯就住在武雄伯家隔壁，而且武雄伯这辈子可能只和树根伯吵过架，武雄伯说，他从来没有看过有人像老树根这样会存钱的，一枚铜钱也要打四个结。树根伯的太太，想打长途电话和嫁到外地的女儿们聊天，树根伯嫌电话费贵，用八道锁把电话机锁起来，不让她打，树根婶只好满村游荡，拿一张用红笔写满号码的便条纸，到处串门子，说麻烦你，帮我拨这个电话。

　　李国忠问："你真的知道张先生在哪里吗？"

　　"快到了，"吴伟奇仍笑着，"不要急。"一面转弯，朝大马路旁的一道"之"字形缓坡小路骑上去。吴伟奇想，张先生真是太好找了，如果现在拿出指北针，愈往山上走，会发现指北针偏移得愈厉害，最后，指北针的指针整个偏西沉定，指向小路底下一间冷泉室，张先生和他的战友们，就泡在里面。

张先生年轻时，和数千位家乡青年一起被征召、一起被人带去攻打几座小岛，打了三天，岛没打下，张先生和几十名没死的同伴，身上嵌着子弹、铁片与钢板，也退伍了。他们被军舰载着，漂洋过海，被放在现在的山区，一座废弃的堡垒里，展开长达大半生的疗养生涯。

每天，他们穿着汗衫、短裤、长袜和胶鞋，整队答数，在堡垒里唱歌、升旗，但队伍难得整全，因为只要天气稍有变化，堡垒里就好像中了瘟疫一样，这时，每个人嵌在身上的旧子弹、锈铁片和碎钢板，开始吱吱作响，刺骨锁肉，吸一口气，就感觉这口气在受制的筋脉间冲突乱窜，浑身剧痛，站都站不起来。

负责背电话机的通讯兵张先生受伤较轻，只有左上臂中了颗子弹，他早早自断左臂，下了山，在马路边开了间杂货店，但其他人，有的中在紧要位置上，有的简直一身钢骨磁肉，知道在这个遍地铁镇的世界上，走也走不远，更不能硬来，只能对自己的病痛示以怀柔，他们原地求索，找到一窟冷泉，在上面盖了间浴室，整天浸在里面。有空时，张先生就单手骑铁马，上山递毛巾。

吴伟奇告诉李国忠：“找到了。”因为他看见张先生的铁马，就停在林间小路上。从倾斜的小路往下望，冷泉室坐落在山坳里，长方形的混凝土结构，像极了空袭时的掩体。吴伟奇停好车，领着李国忠走下坡，走进室里。

李国忠适应了黑暗，看清楚了四周，他看见，天花板下没有灯，四面水泥墙上发满白霉芽，东西南北高高的四面窗，把光线引向一个半干的大池子，池水呈酱红色，池子边、池子里，挂着、翻着、滚着、躺着大批大批的脑袋、胳膊、肚皮与屁股，悄无声息地，不知有多少人，面无哀喜、一丝不挂地挤在他面前，虽说是一丝不挂，但李国忠一个完全的肉体也没瞧清楚，"这真的是……太……"李国忠想说些什么，但吴伟奇摇摇手，叫他别说话，他向眼前的一团人肉，朗声问道："请问，张先生在吗？"

静静地，人肉堆里分出了张先生，张先生穿着短裤、披着大毛巾，侧身走到吴伟奇和李国忠面前，站直了，李国忠看着，突然又哭了，他冲上前，左手紧紧抓住张先生的手腕，右手直拍自己左手手背。

李国忠说："张先生……我觉得您今天……好完整！"

"来得正好，"张先生任他抓着拍着，转头对吴伟奇说，"你堂嫂刚刚过世了。"

"……？"

"刚刚，你树根婶在吴火炎家打电话给你武雄伯，你武雄伯打电话给你阿海叔，你阿海叔打电话给王代表，王代表上山挖竹笋时经过这里，顺道告诉了我。你树根婶说，是吴火炎给她拨电话，要她通知大家的。"

"谁？"片刻后，李国忠回过神来，问，"怎么回事？谁死了？"

吴伟奇深吸了一口气，开始慢慢爬上小路。他心里有一种奇异的感觉，好像突然不知道，今天的日记该写什么了。对了，过了很久他想起来，今天是四月四日妇幼节，妇幼节过了以后是清明节，清明节的目的，是为了祭祀亲祖亡灵，假期在纪念亡灵中结束，他接着又要上学了。

他骑上捷安特，顺着小路往下滑，李国忠在后面哭喊："喂！等等我啊！"他听见了，只是他不知道他的老师李国忠为什么要对他喊，他觉得自己已经浪费很多时间了，天快黑了，应该赶紧回家。家家户户都要吃晚饭，好比刘宜静家，刘宜静的妈妈煮好了晚饭，刘宜静的爸爸和弟弟都上桌了，门打开了，刘宜静的祖母和刘宜静，全身湿淋淋走了进来，刘宜静的爸爸问，怎么这么晚？刘宜静的祖母说对啊，路上下大雨，耽误了时间。刘宜静的爸爸问刘宜静，你也快毕业了，我想送个纪念品给学校，你说送什么好？刘宜静眨眨亮亮的眼睛，想了想，说送溜滑梯好了，别送那种转个不停、叫人头晕的东西。

好比何志勋家，何志勋和他爸爸正一起吃饭，电话响了一声，只响一声，何志勋知道这是暗号，晚一点他妈妈会再打电话给他，何志勋的爸爸也知道，他鼓着满嘴饭菜，指了指电话下的五斗柜，说柜里有一套他新买的洋装，他仔细跟何志勋描述洋装的颜色、样式与价钱，他问何志勋，你记得住吗？何志勋说我记住了啦，何志勋的爸爸点点头，喝了口汤，说那就好，你有没有发现我最近正在戒酒？何志勋看看他爸爸，一面在桌下抹抹手，把指甲缝里的粉末抠在裤管上，那是他精心研发、无色无味的"何氏夺命散"，他原本打算下在菜汤里的。

好比阿全家，阿全的爸爸提了几便当盒的茶鹅、烤鸭、白斩鸡和一袋巴拉松回家，说今天我请大家吃大餐。阿全的妈妈说，哈哈你真健忘，你忘了你已经请我们吃过这些东西了，而且接着把我们都掐死了吗？阿全的爸爸问，是吗？我已经做过了吗？老天，我的记忆力好差，哈哈哈。阿全倒了两杯巴拉松，说毕竟空相中其心无所乐虚诳等无实亦非停心处爸我敬您一杯。

好比吴伟奇家，他们一起吃着晚饭，他的祖母从卧房里走出来，说好饿啊！吴伟奇的爸爸说，哎呀妈你醒过来了啊！真好！有件事揢在我心里好几年，想跟您说，但总联络不到您，我思来想去，觉得好难过，来，我跟您商量商量。

好比吴火炎家，几十年过去了，鲨鱼似的吴火炎找到母鸡和菜刀了，他对母亲说，真对不起，我不知道你今天就要走了。吴火炎想起母亲常问自己："如果我死了，怎么办？"他知道他母亲想问的其实是："如果我死了，你会难过吗？"他们相依为命了整整半世纪，到了末了，他母亲好像只想确定这件事。

"谁死了？"吴伟奇问自己，他在小路与大马路交接的三岔口上停下捷安特，他看见，远远的地方有个身影向他走来，但天黑了，他辨不清那身影是谁。他扯起嗓门，一一呼唤所有他记得的名字，真实的、虚构的，死的、活的，神、人、鬼、兽，他想，无论如何，那身影，总不会吝于回应他一声。

四周安静极了。

什么东西掉在吴伟奇肩膀上，吴伟奇回头一看，是李国忠的手。

我

我叫林士汉，今年二十四岁，我目前的工作是建筑工人，其实高职时我念的是国贸科，当完兵后，我把所学的全部忘光了，为了留在台北，找了这份临时的工作。这一年，我们在帮一所大学盖一栋活动中心，我们从工程的开始一直跟到最后，从挖地基开始，现在已经进入了整平建筑内部的阶段了。我的搭档阿治很讨厌这个阶段的工作，他常抱怨要换下一个工作，他说："贴厕所的瓷砖不如去挖捷运。"我找不到理由说服他，只好跟他说："捷运已经挖得差不多了。"他说："智障，台北市的厕所才挖得差不多了。"

这是一所很好的大学，从外面看，就像一座森林一样，我姊姊以前就是念这所大学的。阿治是我的伙伴，也是我的室友，我刚到台北的时候，听说后车站有人在找临时工，就去看看，阿治和一群人就蹲在那里等工头的车。我每天都去，有一天，阿治问我住在哪里，我说："台北。"阿治问我要不要跟他一起租房子住，比较省钱，他说："我还有一台电视，怎么样？"我想想也好，下了工，就和阿治一起去找房子，我问阿治为什么要搬家，他说："哪有为什么，搬就搬了。"后来我们终于找到了现在住的地方，这是一栋四层楼的宿舍，房东他们住在一楼，其他的三层楼，都用水泥隔成一间一间的房间出租，每一间大概四五坪大小，大一点的可以住两个人，有七八坪大小。看房子那天，阿治在墙上到处用力敲，嘴里直说："不错，不错。"地板是磨石子地的，阿治也蹲下去仔细看，让房东很不高兴。

　　这里的房客我到现在也还是不认识，有的是上班族，有的应该是学生。四楼顶是一个平台，有一个用钢筋架起来的，很高的屋顶，地上到处都是碎水泥块和破砖块，看起来像是被拆掉的违建。平常没事的时候，我们就在平台上抽烟，看看旁边高架桥上的车流。房子后面的死巷里，常常有一个老人蹲在那里，一动也不动，附近有些小学生放学了，常常跑去逗那个老人，对他大吼大叫，拉拉他的衣服，有几次还拿石头丢他，阿治下去赶过几次，后来我发现，那些小孩要进巷子以前，都要抬头先看看阿治在不在楼顶，也许他们现在觉得，逗楼上的阿治比较好玩。一直到昨天，那个老人都还蹲在那里。

　　搬家的那一天，我和阿治各自拿着自己的东西搬进来，我的东西不多，阿治的东西里，最大的也就是那台三十二时的大电视。后来我发现，阿治真的很爱看电视，我们刚把东西整理好，他就不知道从哪里去牵了第四台的线。他的话很少，可以整天坐在房间里面看电视，尤其是关于他自己的事，你问他，他绝对不回答，我有时候会故意逗他说话。有一次，我念书上的句子给他听，我说："阿治，阿处哭处拉鲁那一卡涛马斯，是什么意思？"阿治回头瞪了我一眼，说："你在放什么屁？"我说："这是'人畜平安啊！神！'的意思。"我问阿治："这不是你们的话吗？"阿治又转过头去，盯着电视说："不知道，没听过。"我说："那你讲几句你们的话给我听听。"阿治说："放屁，哪有说讲就讲的，又不是变魔术。"

　　遇到下大雨的时候，我们不能上工，阿治就要打电话到处去问哪里需要工人。阿治认识的工头很多，我们做过大楼清洁工，也做过搬运工，阿治很有义气，总是说："我们这里有两个人。"等工作的时候，阿治会连电视也看不下去，这时候，他的话才比较多一点。有一次，他问我这么多书是哪里来的，我给他看我的借书证，阿治看看借书证，又看看我桌上的书，他问我："如果你不把这些书拿去还，他们会怎样？"我说："不还就不能再借，你如果超过时间，也会被罚一段时间不能借。"阿治说："就这样？"我说："对。"阿治想了一想，又说："他们不能罚你钱，也不能打你，只好这样规定，你知道这是什么意思吗？"我说不知道，阿治说："这是说他们拿你没办法，你知道这是什么意思吗？"我又说我不知道，阿治说："这是说这个世界上，读书最好了。"虽然这样，他自己却从来不看书，我的书如果占到他的位置，他就会很不耐烦地把书统统堆到电视上，堆在电视上的东西表示他不要了，他如果在戒烟的时候，也会把烟灰缸放在上面。

　　我问阿治，为什么他想要去盖捷运，他说，这样比较有成就感，你从一个地方开始工作，一段时间以后，你就到了另一个地方。我不觉得这样有什么奇怪的，我告诉阿治，如果你坐飞机到一个很远的地方，因为速度太快了，超过我们习惯时间的速度，你就会得到时差，有时差的人，会一整天睡不着，或一整天昏昏欲睡；阿治说这没什么了不起，他平常时就是这样。但阿治其实很少失眠，有时候晚上睡不着时，我躺在床上听着上铺的阿治，发出均匀的鼾声，有时候我会起来看着他，看着这么高壮的一个人，也屈着身体，安安稳稳地睡着了，那时候我会觉得，时间真的是一种很不可思议的东西。

　　我有时候会觉得时间很不可思议，大部分是因为我姊姊的关系。我姊姊大我六岁，我上小学的第一天，我姊姊带我到小学门口，要我自己进去，她说她已经毕业了，现在要去念初中，然后，她在我脸上狠狠捏了一把，跟我说："乖一点，放学以后敢迷路你试试看。"我把她的手用力甩开，头也不回就进校门了，那时候，我觉得我姊姊太小看我了，在我们那个只有一条大马路的小渔村，一个人怎么可能有办法迷路？现在我明白，事情原来不是这样的。

　　我们家和那所小学，都在村子的大马路旁边，走路的话，大概要走十五分钟，后来我看地图，发现我们的村子，其实就是一条道路上的一个点，一边是基隆，一边是北海岸风景区，在详细一点的地图上，你可以查出，它距离基隆有多少公里，距离下一个风景区又有多少公里，我想，住在这样的地方，大概免不了是要离开的。我小学三年级时，我姊姊考上了台北的

高中，只有放假时才回来；我小学毕业时，我姊姊考上了台北
的大学，只有高兴时才回来。这似乎是很自然的事，但那时我
觉得，我姊姊每次回家，都可能带着一个惊人的消息。有一天
她就这样若无其事地告诉你，她考上大学了；有一天她就这样
告诉你，她自己可以赚钱了；有一天她就这样告诉你，她不念
大学了，她要去结婚了；有一天她就这样消失，再也不回来了。

　　我姊姊最后一次回家，是一个傍晚。我姊姊一进门，问我
在做什么，我说不会看吗？我在扫地。我姊姊很有趣味地看了
我一会，她说你现在念初三了吧，我说废话。她问我初中好不
好玩，我瞪了她一眼，她又问我有什么可以吃的，我就去炒了
饭。她一面看，一面大声夸我好厉害，我觉得她当我是白痴。
吃完饭，我姊姊去自己的房间收拾了很久。很晚的时候，我妈
妈回来了，我姊姊就到客厅，等我妈妈卸完妆出来，我姊姊告
诉我妈妈："我不念书了，我明天结婚。"

　　我真的吓了一跳，我妈妈沉默了很久。我姊姊问她，你没
有问题要问吗？我妈妈似乎是认真地想了一下，她问我姊姊，
明天什么时候，我姊姊说，明天早上，在台北，你要来吗？我
妈妈点点头，我姊姊说，那就好，说完就回房间去了。不久，
我妈妈也去睡觉了，我一个人在客厅看电视，看了很久。第二
天早上，我帮我姊姊拿行李，在基隆等火车到台北。我、我姊
姊和我妈妈在月台等车时，月台上有很多正要去上学的学生，
我觉得我们真像要去旅行一样。我想，如果这称得上是一次旅
行的话，那还是第一次，我们三个人一起出去玩。

　　早上我姊姊先去公证结婚，我们见到了新郎。下午在一家餐厅请吃喜酒，来了很多人，很热闹，一直有人拿乐器上台演奏，忽然有人在新郎头上一掀，把新郎的假发掀下来，原来新郎留着长头发。每个人都来向我妈妈敬酒，我妈妈始终默默不说话，我在旁边听了很久，才弄清楚新郎的名字，他是一个乐团的吉他手。喜酒结束后，我姊姊好像喝醉了，我去扶她，她举起手，好像要捏我，我没有躲，但她突然一拳打在我肚子上，说，小弟，要乖一点，我以后都不回家了。我看着我姊姊，她笑得很开心，整张脸红红的，我想，她做这样的决定，心里一定很痛快吧。

　　我和妈妈坐火车回基隆时，我妈妈问我冷不冷，外套能不能给她穿，我脱下外套，我妈妈披上了，就在火车上睡着了，我看着我妈妈，我想，她也喝多了。其实，我真为我姊姊觉得高兴，那一天，在火车上，我第一次仔仔细细地回想这一切发生的事，有关于那些过去的时间，我想，如果我能像我姊姊那样聪明的话，也许我就能够明白，是什么使她变得这么坚强的吧。也许，我也能够稍微体会，我妈妈的心情了吧，但是没有办法，我实在是太笨了。

　　我小学六年级时，有一天早上，我爸爸骑着机车，说要去追乌鱼，从南方澳搭渔船出发，一直跟着乌鱼到南部去，之后他就失踪了，我妈妈好像到处去找了几次，还带我去南方澳的渔会闹。我姊姊放假回来，问我妈妈，爸爸真的说要去捕乌鱼吗？有人这样抓乌鱼的吗？我妈妈又不说话了，我姊姊也不说话，到了晚上，我姊姊找我去问话，她要我仔细回想，爸爸失踪的前一天晚上，有没有发生什么事，我说我想不起来了。

我是真的想不起来了，好像没什么特别的事发生，我爸爸还是像平常那样懒懒散散的。他虽然是个渔夫，但是印象中，他待在陆上的时间似乎比较久，他骑着机车去追船，大概比坐着渔船去追鱼的时间多一点。我告诉我姊姊，我只记得，一直到那一天之前的前几天，我都还在生他的气。有一天我放学回来，在家里到处找不到铁丝，我爸爸问我在找什么，我说，找铁丝，明天美劳课要用，我爸爸说，怎么那么麻烦，就帮我找。他也找不到，他走到外面，看见墙壁旁一根竹扫把上圈了几圈生锈的铁丝，就把扫把给拆了，把铁丝交给我，然后他踢了踢那堆散成一团的竹枝，叫我铁丝用完了记得把扫把圈回去，免得妈妈啰唆，就跑到一边去抽烟了。我看看他，觉得这下糟了，我就知道事情一定会变成这样，所以平常我很少找他帮忙。

我姊姊听完，问我说还记得什么，我说没有了。我姊姊问我前一天晚上有没有人来家里赌博，我说那天没有，我姊姊说，这就奇怪。我姊姊突然告诉我，爸爸很会赌博，从来没输过，大家都跑来家里赌，就表示他们也承认爸爸很厉害。我姊姊问我记得喜仔叔吗？我说记得，我姊姊说他不是每次都输得蹲在椅子上赌吗？我说妈妈不喜欢爸爸赌博，有一天她拿菜刀，把大家赶跑了，连爸爸也被赶出门。我姊姊说她记得，她也不喜欢爸爸赌博。

农历过年之后，爸爸还是没有回来，妈妈去找了一份正式的工作，在村子里的那家金北海活鱼三吃当招待。那一年，姊姊考上了大学，我升上了初中。从那之后，我发觉我经常一个人在家，我妈妈大概睡到中午才出门工作，很晚的时候才回来，我想，要是我一直躲在家里没去上学，我妈妈大概也不会发现。一开始时，我真的这样做，不知道为什么，我开始很喜欢一个人躲在家里，在我们这个每个人都出门没有回来的家，我突然有了比以前从来没有过的耐心和好奇，去一点一点寻找我以前没有注意的角落。我潜入姊姊的房间，这个房间对她来说，更像是一个仓库，她在紧邻马路的那扇窗户加了窗帘，整间房子阴暗潮湿，她读过不要的书，还有她穿不下的衣服，在桌上，在地上，在床上，一堆一堆地堆叠成某一种特定的高度，我想，那大概是她伸起手可以不费力够到的地方，那些东西就这样被保留下来。

　　我妈妈的房间也一样塞满了东西，用坏的旧电锅、热水瓶，我小时候的玩具，还有一叠又一叠的旧报纸，有些东西，尽管只剩下一小截残骸，我妈妈还是一样，把它们塞在床底下，衣柜里，梳妆台柜子里，和任何一个角落。我发现了一本旧笔记，仿牛皮的封面，里面居然是爸爸所写的，在第一页，爸爸写了"航海日记"，还大大地签了自己的名字，里面大部分的纸张都被撕掉了，剩下的，大概不断地重复这样的话："今天又荒废了一天，明天应该好好努力。"

　　"今天又荒废了一天，明天应该好好努力。"

　　"今天又荒废了一天，明天应该……"

中间还有一页这样写着：

"今天发生了一件事，我被王亿万船长殴打，我没有偷懒，也没有做错事，王船长喝醉酒，没有原因就动手打我，我们一起的刘天生和王明龙都可以做证。"下面是我爸爸和其他两个人的签名和日期。

一段时间后，我又开始每天准时上学，不知道为什么，我再也不敢一个人待在家里了。我不记得缺席了多久，我跟老师说我生病了，老师和同学们都没有多问，我想，我缺席这段时间的长度，他们大概觉得正好合理，可以接受吧。我每天很早到学校，放学后也拖延到很晚才回家。过了一段时间，我姊姊回家住了几天，有一天，我姊姊又找我去问话。我姊姊问我，你知不知道妈妈有时候晚上会偷偷跑出去，我说我大概知道吧，我姊姊说什么叫大概知道，她问我知不知道妈妈跑去哪里了，我说我不知道，我姊姊叫我以后注意一点。

有一天晚上，我睡着了，我姊姊大声敲我房间的门，把我吵醒，她问我干吗把门锁起来，我说不行吗？她叫我跟她到外面去，我们就走出门，站在门外的大马路边。晚上很冷，风从附近的海边直灌进来，钻进我的裤管，咬着我的脚，黑暗中，狗懒懒地叫了几声，又走远了，我觉得很想尿尿，就问我姊姊到底要做什么？我姊姊说，我们等，等妈妈回来。

这样等了很久，我觉得天都快亮了，然后，有一辆汽车在马路转角边停了下来，静了很久，车子倒车开走了。我妈妈慢慢从转角走出来，慢慢走近我们，我姊姊看着我妈妈，我看着我姊姊和我妈妈，我妈妈什么也没看，推开门，进到屋里去了，过了一会，我姊姊叫我去睡觉，也进屋去了。

以后有很多次，我姊姊会一言不发地把我吵醒，要我一起站在外面等。我问我姊姊，如果她一直注意着妈妈，为什么不在妈妈出门时就拦住她，我姊姊没有回答我。在等待时，她也一直保持沉默，在马路边，如果狗吠得太大声，或是谁家的灯突然亮了，我姊姊也会稍稍地显得不安。我站在那边，忍着睡意，交替着把重心放在不同的两脚上，看着我姊姊的影子一下被拉长，一下被缩短，和黑夜里偶然出现的光合在一起。我想，在这个只有一条马路的小村子，要真正保有什么秘密，大概是非常困难的吧。

我姊姊一定也明白，有时候我有一种冲动，我想问问我姊姊，这么做到底有什么"意义"？我想带我姊姊，去看看妈妈的房间，那个在床底下，在任何角落，都塞满了东西，陈旧潮湿的房间。我想，这样也许我姊姊就能明白我的想法，因为当时，即使是现在，我也不知道应该如何向她说明。我记得有一次，我姊姊问我，知不知道什么叫"嫉妒"？我说我不会解释，老实说，我经常不记得那两个字要怎么写，我记得我姊姊低头一会，又抬头盯着马路尽头，那辆汽车每次都在那里停下的转角。

后来，也许不完全是因为我姊姊的关系，这些夜里的等待终于有结束的一天，我姊姊得到了胜利。我姊姊结婚，宣布她永远不回来了的那一年，我考上了基隆的一所高职，每天通车上学，日子在看不相干的书中度过。我妈妈还是日复一日在中午起床，化好了妆，去金北海上班，金北海的生意突然好了起来，大概在台北附近的一些地方，生意都会轮流好起来吧。

我当兵的时候，有一天放假回来，发现村子里那段大马路正在拓宽，邻近的房子都被铲去了一半。我在小学旁的临时站牌下车，发现小学的校门不见了，我走回家，发现我家只剩下一半，我家的客厅，我和我姊姊的房间都变成了马路，我妈妈的房间，正对着大马路，从地板到天花板，结结实实地塞满了我家的东西。我站在那里看了很久，看着假日的车潮一辆一辆从我家前面慢慢通过，然后走到金北海去找我妈妈。

我妈妈请了两小时的假，带我到小学后面的空地上，用三角板搭起的临时住所。我妈妈住的地方，大概有十坪大小，我妈妈说等马路铺好了，"政府"会帮我们盖新房子，房子虽然只剩一半，但"政府"会盖二楼做补偿，所以大小还是一样，还多了一个楼梯。我看着马路上卷起的灰尘，告诉我妈妈，我们的"政府"真有魄力。我妈妈笑了，这么多年，除了看电视时的傻笑，我真的第一次看她笑。我回头看看妈妈住的地方，发现墙角堆了很多没有开封的小家电，光是果汁机就有三台，我问妈妈这些要做什么，我妈妈说，现在这里每个礼拜都有流动夜市，这些是买来的，很便宜。我妈妈问我退伍以后要做什么，我说，找工作，去台北。我妈妈说这样也好，她在屋子里看了一会，像是要看看有什么东西可以给我，最后，她问我要不要带一把吹风机走，她买了很多，我脱下我的帽子，指指我的平头，笑着说，不用了。

就这样，退伍后，我也来到了台北。一开始，我根本没有心情工作，只是租了一个小房间，每天无所事事的，照着出现在脑海里的，曾经听过的那些地方，一个一个去看看。有一次，我也登上了那个摩天大楼，去看看台北市的街景，我想着，如果从这里往外面看，那么方向突然变得很清楚，反正这么多马路、桥、高速公路、铁路上，这么多车子，我们不是来台北，就是离开台北，我们不是往南离开，就是往北靠近，一个地方可以大到这样一点都不抽象，一切好像都可以很确定的样子，我想，光是这一点，我就决定要留在这里了。

昨天整天雨下得很大，阿治跑出去喝酒，傍晚回来的时候，他把烟灰缸从电视上拿下来，坐在那里抽烟，然后，他叫我跟他一起去平台上看看，他告诉我："我明天就要回家了。"我想了想，我问他："你家在哪里？"他说："屏东，在恒春那附近。"我说："所有的屏东都在恒春那附近。"他就把他的身份证拿给我看看，我才知道他叫许文治，大我五岁。他说小时候大家都叫他死蚊子，因为他长得很高，又比较瘦，很像一只蚊子，我说："阿治好听一点。"我问他回去以后要做什么，他说不知道，也许开一家杂货店，他家就是开杂货店的。

我说那他就不叫"开"杂货店了，因为他家本来就是杂货店，阿治说："那要怎么说？"我说："我也不知道。"阿治说反正就是那样。他问我还要留在台北吗？我点点头，他说："那好，电视送给你。"他想了想，又说："那个第四台的线，如果你怕被抓的话，可以把它拆了，如果想看，可以去找人来接，反正你还要住在这里，还是，你也可以搬到比较便宜的地方。"我告诉阿治别那么啰唆，我自己知道怎么做。

阿治不说话了，我也不知道应该说些什么。我们看着还蹲在楼下的那个老人，他还是一动也不动，雨已经小了很多，我说："活动中心已经快要盖好了。"阿治点点头，说："好不容易。"突然，那个老人站了起来，跌跌撞撞地往外跑，从我们这里往下看，他简直就像在跳舞一样，我和阿治一起大喊："小心啊。"但是已经来不及了，老人被高架桥下经过的一辆车子撞上，整个人在车顶翻了几圈，面朝上落在柏油马路上。我想要冲下楼去，但阿治拦住我，他说："来不及了，现在大家都挤到那里去，去了也只是挡路。"于是我们站在那里看，人群中，有人用行动电话报了警，大家聚在那里指指点点，没人敢去碰那个老人。我很紧张，抓着阿治的手臂，救护车来时，我好像看到正有一个血泡，在老人的鼻孔上，被一点点气息吹得愈来愈大，慢慢地，好像一只结好网的蜘蛛那样，从老人面目模糊的脸上，一点一点，横移开来，不知要走去哪里。救护车走后，阿治告诉我："下楼吧。"

今天早上，我坚持送阿治去火车站，我买了月台票，我们一起在地下的月台等车，我告诉阿治，我印象中最深刻的月台，是在基隆。基隆是一个很奇怪的地方，在火车站附近，你可以一直走在天桥上，不碰到陆地、大家都在天桥上走路、卖东西，有些房子的大门，就接着天桥，连那山腰上的房子，远远地看，都像一座桥。阿治点点头，说："那个地方下太多雨了，地也不平。"

送走阿治后，我慢慢从车站走回来，我想起了那个老人，我想，长这么大，第一次看到有人流那么多血，而且可能会死掉。我看的书里，有很多充满了痛苦的呐喊，但他们一本一本摆在书架上，摆在柜子里，看起来，又是那么整齐安静，就像现在街上这些人，每个人都是保持安静地走着，一步一步地。这么一想，时间真的是一种很奇怪的东西，但有时，我觉得时间也没有那么奇怪，事实就是，我二十四岁了，阿治二十九岁了，我姊姊三十岁了，我妈妈五十二岁了，而我爸爸，如果他还活着的话，也已经五十八岁了。

我真心希望那个老人没事，过几天，他又可以蹲在那里，我会像阿治那样，帮他赶走那群顽皮的小学生。我想，这真是一个自私的希望，我希望，我也能有一次机会，能看见在这个只会愈来愈老，愈来愈接近一个终点的时间里，有一个人，像是倒转时间一样，恢复了过来。这个城市就像不时在变动一样，即使是闭上眼睛，还是能清楚听见，各种拆毁和建造的声音，远远近近的。再迟钝的人，即使像我一样，也终于能够听见，不知道为什么，在应该觉得轻松快乐的时候，我只觉得，很难过。

——本文获一九九九年"台北文学奖"短篇小说评审奖

假日

十一岁那年暑假的某个星期天，外公教我骑机车。我以为今后我的人生，将会像我大多数的男同学一样，他们勉强混完初中，开始过几年无照驾驶的日子，每天骑车到镇上工厂工作。顺利一点的，他会在十八岁左右，和工厂的女同事结婚——也许她还是我们的童年玩伴，更顺利一点的，在他入伍时，他们所生的第一个小孩已经在牙牙学语了，然后他会在放假回家时，抱着小孩坐在门前乘凉，把军歌唱成了儿歌。抱着这个对任何声音感到同样好奇的小孩，他感觉自己的人生仿佛也重新开始了，但他知道，往后不会再有什么不一样的事情发生。

爱情，和工作后的闲余时光、一辆行驶中的机车，与一条十六公里长、永远在修补拓宽中的柏油马路有关。在那为期甚短的骚动与试探里，十六七八岁的他刚从工厂下班，浑身汗臭，和着机械污油或石棉瓦屑的刺鼻味道，他把工作服的短袖筒卷到肩膀上，发动机车，小心翼翼、亦步亦趋地跟在他所心爱的女孩车后，每天他都这样跟着机车的引擎声，直到女孩回到自己家里，没和他说过一句话。直到有一天，女孩在半路停下来等他，如果女孩没有当场斥责他，他就会急切地把听来的，或是在热切盼望中自己想象出来的，关于爱情的誓言与远景，颠乱倒置一口气全说给女孩听。然后女孩默许了。在骑车返回自己家的途中，他快乐得想哭，他催紧油门，恨不得天赶快暗下再亮起，这样他就能再回工厂工作，他发誓永远戒掉刚染上不久的烟、酒和槟榔，或至少戒掉其中两样，或至少，戒掉其中一样。十六七八岁的他真的相信，凭自己的劳力，他可以让许多人活得更好，更有希望。

　　不，或许在这样一个小村庄里，什么都和工作后的闲余时光、一辆行驶中的机车，与一条永远在修补拓宽中的道路有关。十一岁的我鼓着不知哪里来的勇气，请外公教我骑机车，外公一口答应了。我们站在大马路旁，旁边立着外公心爱的火红125，外公以一种无人能够理解的方式，示范如何骑机车，他说："这样这样，车子就发动了，要停下来，就把刹车按下去。"然后他问我："这样你会了吗？"

　　我说："我会了。"外公站到一旁，侧身，百无聊赖看着他身后低低的溪谷。马路另一边是高高的山壁，山壁上比人身还粗的蕨树，那时还不服输地往马路上横长，形成唯一的荫凉处。外公在阴影里，盯着溪流上的某一点，溪流在炽热的阳光下静静地流，外公嘴里嘟囔着，不知在想些什么，过了很久，外公一转头，发现我还站在原地，吓了一跳，他说："你在干什么？你怎么还在这里？"

　　我不知该如何回答他。"来来来，"外公推着我说，"不要呆站在这里看，你要坐上去，发动车，骑出去，骑的时候不要转头看，也不要管车头上写的油剩多少、速度多少，只要专心看着前面，车还在走，你人还在车上，一切就都没问题。"

　　那一天，我学会了如何骑机车。

　　那天外婆第一百零一次离家出走，她独自一人，拎了一口装菜用的塑胶袋，在大太阳底下走了一小时，翻过一座山到我们家来。到的时候，她全身还在喷汗，像一朵正在下雨的云，我们都不知道拿她怎么办，只好等着。果然，外婆才洗好脸，在我们家客厅坐定不到一分钟，外公就骑车追来了。

　　外公在前庭停妥他的火红125，脸不红气不喘地出现在我们家客厅，用一种"她又来打扰了，真过意不去"的表情对我们笑，汗都没流一滴，外婆于是更生气了。然后，外公、外婆、父亲和母亲，窝促在我们家闷热的客厅里，开始很长时间的冷战，偶尔父亲会起身敬外公烟，偶尔外公会撇几句"你别乱了，让后辈见笑"这样毫无意义的话，我趁机跑到外头，仔细观察外公的爱车。父亲也一直很想买辆这样的车，但他一直没有闲钱，每天早上，他坐在门前树下抽烟，等他的朋友绕山路过来，载他一起到小镇另一头的矿场工作，每天他都向他的朋友道歉，然后他的朋友会笑着拍拍他的肩膀，这已经成了一种习惯。

　　祖父静悄悄站在杂木篱外，招手叫我过去，他问我家里来了什么人，我回说是外公和外婆，祖父问："他们又在吵了？"

我说是。我拘谨地看着祖父的脸，那张脸向来没什么表情，发作人时也是冷冷的。良久，大概看我很不自在，祖父勉强对我笑笑，挥挥手说："没有事，你回去吧。"他轻呼一口气，扛起锄头，径自又回田里去了。

我跑回客厅，发现大家终于吵开了。母亲对外公说："你有什么事慢慢说就好了，不要大声骂阿母。"外公说："我也不过讲她两句，她转头就跑，我念她，钱也不收好，让人登门踏户就拿走了，我这样说，甘¹有不对？"母亲说："一点点钱，就准作²不小心弄丢就算了，何必这样闹？想想看你们都几岁人了。"

沉默。外婆说："我又不是挑故意的。"外公说："我也没说你是故意的。"

沉默。外公说："光头烈日走那么久，你也不嫌累，做人阿妈了还这么小姐脾气，让人看衰。"外婆说："我欢喜走路运动啊，你追来做啥？"

沉默。我大喊："阿公，你教我骑车好否？"

"什么？"

"你教我骑车好否？"

"你爱学骑车？好啊，我教你骑车。"

"乱来，"父亲对我说，"你十几岁团仔³，跟人学什么骑车？

---

1. 甘：岂、难道，或是当作疑问副词，用于提问问句。
2. 准作：当作、当成。
3. 团仔：小孩子。

有闲书不会多读一点，休热[1]了后你就要升初中了你知不知道？还这样归日[2]只想要踢跎[3]，跟不上阵[4]。"外婆说："对啦，阿文仔来，阿妈跟你说，你是读册[5]囝仔，我们不要跟一些阿理不达[6]的人学，归日想他那只破车人就饱了，骑车危险啦。"

"骗猾[7]，"外公生气了，"我就不信骑车有多危险，会吃就会放，会放就会爬，会爬就会行，会行就会跑，会跑就会晓骑车，来，阿公来教你骑车。""阿爸……"父亲还想说些什么，外婆止住他，外婆对父亲说："阿牛仔你别睬他，他又在老番癫[8]了，等下你儿子如果擦破一点皮，我们再看他要怎么赔我们。'会行就会跑'，骗猾，会跑甘会飞？""你作[9]你放心，"外公对外婆说，"你作你放心，阿牛仔你儿子若擦破一点皮，恁爸就不是他阿公，走！"说完，外公拉着我的手，头也不回地往门外走。

那天我就是这样学会骑车的。下午，我载着外公凯旋归来，外公浑身乱颤，嘴里大声夸赞我，我想象，当大家看到我，都

---

1. 休热：放暑假。
2. 归日：一整天、成天。
3. 踢跎：游玩、闲逛。
4. 跟不上阵：此处指跟不上同年人的学习进度。
5. 读册：读书、念书，或是上学、上课。
6. 阿理不达：不三不四，没什么价值、水准。
7. 骗猾：骗人。
8. 老番癫：老糊涂。骂人年老而言行反复无常。
9. 作：任由、尽管、只管。

会承认我已经在半天之中长大了，然而，当我们回到家时，所有人都不在。

我看看四周，尝试以一种成熟的喉音对外公交代："可能是去田里了，等一下就会回来。""不对，"外公从客厅走出来说，"我看，你阿妈又走回去了，走。"外公又发动机车，他说："干，我归日跟她追来追去就好了，什么代志[1]都免作，准作汽油不用钱买吗？"我微微颔首，表示这的确是件严重的事，我说："莫法度[2]啊！因为你在'爱'她嘛！"外公又被我吓了一跳，他大力抓抓我的头，发动机车，载着我，再去追外婆。

我们在路上追到外婆和母亲，外公问外婆说："你还要用走的回去？"外婆说："对啊，不行是吗？"我们下车，外公推着他的火红125，默默跟了一段路。"好啦，"外公停下脚步说，"我骑去头前[3]等你，你再走一阵，就上车，我载你回去，人你女儿自己也有正经代志要做，你不要这样耽误人啦。"外婆看看外公，然后说："好啦，你骑去头前等我。"于是外公坐上机车，发动时，他看看道路两旁说："天黑得真快。"然后呼一声骑走了，我们看着外公过了一个弯道之后消失，那时太阳还在山头上，天气依然闷热得足以令人窒息，没有人知道他的意思。

---

1. 代志：事情。
2. 莫法度：没办法、没能力，或表示无可奈何。法度，指方法、办法，或是规矩、法则。
3. 头前：前面、前方，或是前些时候。此处意思为前者。

"老番癫。"外婆轻轻说。

母亲问外婆，钱怎么让人进屋偷走了，外婆说："我骗你阿爸的啦，钱我藏得很舒适。"母亲笑说："你们两个，愈老愈趣味[1]。""你阿爸，"外婆说，"什么都好，就是像钱鼠[2]这项，让人不能讲，一点点钱，千交代万交代，三不五时还要翻出来看看有缺角否，所以我才气他一下。"母亲说："你气不到他的，他那种人，嘴念念，随忘记了，结果生气的是你自己，真无价值。""对啊，"外婆说，"害我走路走归日，脚好酸。"

我点点头，对母亲说："我早就知道外婆今天会离家出走。"

"你怎么知道？"

"因为今天星期天，大家都放假，而且，今天是晴天，没有下雨。外婆每次离家出走，都是这样。"

母亲笑了，跟外婆解释我的看法，外婆也笑了，外婆说："还是阿文仔卡[3]巧[4]，只有他知道，我都有看黄历拣日头，不是随便在离家出走的。"听外婆这么说，我感到非常得意。

外公与外婆走后，我陪着母亲走回家，我不让她牵我的手，我说，我自己会走。我没有问母亲，父亲怎么不见了，因为我心中十分笃定，父亲一定是被祖父叫到田地上去了，我知道，

---

1. 趣味：有趣。
2. 钱鼠：都市住家中常见的小老鼠，或是比喻为守财奴。
3. 卡：更、比较，或是"再怎样也……"。此处意思为前者。
4. 巧：聪明。

每当放假时，祖父就会邀父亲到田地上比赛，看看谁先服输。
母亲突然告诉我："我们可能不搬家了。"我知道我知道，我说。
我知道父亲存了很久的钱，在镇上定了一户新盖的房子，那里
离矿场近一点，父亲的朋友们都会住在那里，父亲没有带我去
看过，但他时常兴高采烈地向我描述那栋日渐长好的房子——
两层楼的新洋房、阳台、巷弄，还有镂花的铁铝门窗，他说，
住在那里，工作上学买东西都很方便，而且邻居都是熟识的好
朋友。

　　我抬头对母亲说："没关系，我喜欢住在这里。"

　　母亲对我笑，她拍拍我的背，她说："只怕你长大了以后，
就不会这样想。"

　　那天晚上我醒来，黑暗的通铺十分闷热，我感觉身旁的姊
姊们都睡得很熟，可能是因为白天太累了的缘故。通铺另一头，
父亲与母亲低低说着话，父亲说："就算现在不搬，那两成半的
定金可能也拿不回来了。"母亲说："没关系。"我知道他们谈的
是新房子的事。

　　父亲笑说："我爸爸才是一头牛……"黑暗中我感觉母亲缓
缓靠向父亲，也许他们在黑暗中安静拥抱彼此，也许母亲只是
轻轻掩住父亲的嘴，害怕他会吵醒我们。

　　我怀疑自己听到父亲的哭声。

　　天很快就亮了，那天之后的日子仿佛庆典一般，载货的小
卡车一辆一辆停在我们家前庭，父亲终于为自己买了机车，为
母亲买了电锅，为姊姊们与我买了书桌，他打掉厨房的灶，装

了瓦斯炉，把整个家大大地修饰一番。每天他骑着机车出门，回来时疲累万分，他仿佛突然发现了更多应该买应该换新的东西，他还筹划着，在原地再盖一间比较像样的房子。

然而他没有成功。

矿场发生事故后，母亲带我们去看父亲，母亲指着他说："这就是你们爸爸。"那时我已经习惯了，我所认识的人，他们看着什么，指着什么，心里想的是别的什么，却已经没有力气对你多说明一点。当母亲指着我父亲时，我其实已经分辨不出他是谁了，因为，他的脸孔被火烧得模糊，这张脸很可以是另外一个人，然而母亲平静地说，这就是父亲，在她的话语里，恐怕没有关乎死亡这样的字眼。

他们只是神出鬼没。

在我终于学会骑机车的那天早上，我的父亲正要追上他的父亲，去田里工作，但父亲的朋友们突然全部出现，他们骑着机车，自备酒菜，在我家厨房抢着料理，一群人又闹哄哄攀桌椅带碗盘来到大树底。父亲叫我爬到树上把风，如果祖父从田里回来，就赶紧通知他，我爬上树，揣两把榕树籽在手，目不转睛盯着田地上的祖父，如果他像是要走回来的样子，我就把榕树籽往大家头上扔，但渐渐大家喝得浮浮沉沉，不再理会我。

"我要唱歌！"父亲的朋友"白目的"大声吆喝，"我要唱歌！"大家都呼天抢地叫他不要唱，但他还是鬼哭神号唱起歌来，"凑脚手"的筷子掉到地上，他问父亲："你家有卫生筷否？这个太重了，我拿不住。"旁边的"阿弟仔"笑他："百多斤重的家私你都搬得转动，这几两重的筷子你却拿不住？"白目的敲阿弟仔的头："囝仔人有耳无嘴。凑脚手，告诉他你为什么叫凑脚手。"于是凑脚手说起他右手四指被铲砸车砸烂的那一天，医生告诉他没救了，但是可以切脚指头接手指头，医生问凑脚手："你要脚还是要手？"凑脚手说他每天在矿坑里头钻，哪里也去不了，所以不要脚没关系，但没手可不行，所以医生帮他动手术，所以以后大家叫他凑脚手。

"好，"凑脚手说，"恁爸今日'牺牲色相'，让你见识一下无脚指头要怎样跑好像飞。"大家呼天抢地叫他不要表演，但他还是脱下鞋袜，绕着大家，肩膀斜斜跑了起来。父亲说："凑脚手你坐下，坐下。我回去找看看有没有卫生筷。""无要紧啦。""四朵的"说，"凑脚手你用手拿东西吃就好了，大家都是兄弟，没人会笑你无卫生。""对啦，对啊。"大家都附和。

"用手拿？"凑脚手说。他对大家笑。

"这样不是亲像猴膻仔？"凑脚手说。大家也对他笑。

凑脚手笑说："你们把我当作猴膻仔？"然后学猴子那样抓抓腮帮子，大家莫名其妙笑成一团。凑脚手的脚手突然重重往桌上一踱，他吼道："干！恁爸甘愿不吃，坐在这里看。"

一半的人酒醒，大家全都沉默不语。

"阿爸，我要放尿！"我在他们头上喊着。"你要干吗？"父亲说。我说："我要放尿！"说着我准备脱下裤子。父亲说："你在干吗？要放回去放！"我说："来不及了，大家紧闪！"我把裤子蹭到膝盖，他们攀桌带椅一哄而散，父亲站在树下看着，对我骂道："无路用¹的角色，一爬高就想要放尿，一拿重就想要放尿。"他对他的朋友说："真见笑，真见笑。"大家又笑了。

我尿完尿，转头看见外婆出现在大太阳底下，全身喷汗，像一朵乌云向我们走来，我对父亲喊道："外婆又来了！"父亲向小路那边望去，要我穿好裤子，赶紧回家去通知母亲，然后他向他的朋友一一道歉，他们拍拍父亲的肩膀说："无要紧，无要紧，你作你去²无闲³，我们就是四界⁴踢跎。"白目的觑眼看看太阳，他说："这么热，我们去溪边泅水好了，怎样？"大家都说好，然后他们发动机车要走了，凑脚手与父亲附耳不知说些什么，父亲也拍拍他的肩膀，然后父亲摆开手向他的朋友们告别，离开大树底向外婆迎去，我爬下大树，发现所有人都走了。我只瞥见父亲大步走远的样子。

是了，那一天我也终于学会骑车，我真想告诉他这件事。每天早上，他坐在门前树下抽烟，等他的朋友绕山路过来载他，他们越过大镇，到远方的矿场工作，每天，他向他的朋友道歉，然后他的朋友会笑着拍拍他的肩膀，这已经成了一种习惯。我想告诉他，我今天终于学会骑车了，我可以来载你，你会向我道歉，你每天总感到些什么可以向人道歉，然而无妨，我拍拍

---

1. 无路用：没有用、不中用。
2. 作你去：随便你。
3. 无闲：忙碌。
4. 四界：到处、处处。

你的肩膀，明天我还来载你。

我骑着外公的火红125，溯溪一样向大马路的深处骑去，外公你说不要转头看，也不要管车头上写的油剩多少、速度多少，只要专心看着前面，车还在走，你人还在车上，一切就都没问题。是了外公我记住你的话，只是路它自己没有了，外公我不得不把车停在柏油路的尽头，我爬过一段小山坡，放眼看见一片大草原，我看见我的玩伴们都弯着身体在拔草，我说呵呵原来你们都在这里，这里就是你们所说的"高尔夫球场"。姊姊们我找到你们了，我说姊姊我也要和你们一起拔草，姊姊说不行你等一下又"气喘"了怎么办？我说我不会气喘我也要和你们一起拔草，姊姊说你有毛病啊让你在家里休息你不要却要跑来这里拔草太阳这么大等一下你又晕倒了怎么办每次都害我被骂你有毛病啊。

我说我没有毛病。我不会气喘。我刚刚学会了骑车。我也要和你们一起拔草。

然而我被架到一棵孤零零的大树下坐着，大家都在笑，我说我早就知道你们总挑无雨的假日相聚，你们对彼此笑你们对彼此沉默你们不理我我要尿尿给你们看，于是我脱下裤子对着大树尿了一泡很长的尿。然后外公跑过来，我发现他喘着气全身喷着汗，外公大力抓抓我的头，他说你要把我吓死啊你骑得差不多就该骑回来怎么这样一直骑下去害我走了半天路，我说外公我没有要害你我已经学会骑车了但路它自己没有了。

路它怎么自己没有了。

发财

　　围观的人群都散去了，只剩下林进财一个人，靠在土砖墙上发呆。他看见最底下的马路上，有两个人站在路边比手画脚，不知在讨论什么，马路旁边是一片山坡，山坡上有几片田，和几间矮房子。林进财转头看看自己的家，一间用土砖堆起的屋子，屋顶以木板钉成，上面盖着黑漆漆的柏油渣，如果连续下几天雨，硬土地板吸足了水气，会黏黏糊糊的，像一锅随时都要化开的粥。

　　林进财的爸爸搬开大门，从屋里钻了出来，探头探脑，对着旁边王先生家"哼"了一声，然后沿着斜坡路慢慢走下山坡。林进财看见，他爸爸还穿着那套半湿的西装，那套西装，是林进财家唯一挂在墙上的东西，他爸爸每天第一件事，就是把西装上的灰尘一拍，穿上身，说要去找发财的办法。

　　王先生的家，是钢筋水泥造的，有三层楼那么高，回音很大，林进财总看着他爸爸，像听收音机一样，仔细听王先生讲话的回音。林进财的爸爸说，有钱人不用整天工作就很有钱，

所以想发财不是去找工作，而是去找发财的办法。他时常观察
王先生，王先生身上戴着一个亮晶晶的怀表，所以他也去买
了一个会发亮的怀表；王先生每天穿西装出门，所以他也
去定做了一套西装；王先生回家时，会让司机把车停在马路
边，自己走那段斜坡路上来，林进财的爸爸发现路上每个人
都向王先生问好，就叫林进财要记得向自己问好，林进财的
爸爸，用王先生的口气，对林进财说，这是礼貌懂不懂，你
要尊敬我。

　　如果下着雨，白天的光泡在水汽里，斜坡路上，家家户户
的学生会撑起伞，三三两两踩着水洼下坡，赶往学校去。林进
财也在学生的行列中，他不知道，他是不是唯一没睡饱的人，
不过今天，林进财下了决心，他决定不再睡觉了，从今以后，
他要一直保持清醒。

　　昨天晚上就下着雨，林进财的妈妈对他喊，阿财啊，你不
要站在那个地方太久，你看看你的拖鞋，都陷到地底去啦。林
进财那时站在他家客厅，他低头一看，果然，他穿的拖鞋被他
家的地板给吸住了，他两脚都拔不出来，只好弃了鞋，打赤脚。
没想到湿湿的黏土踩起来，好滑，好比在溜冰——呵呦呦，林
进财一脚踩空，整个人滑溜溜地向前冲，他说，哎呀呀阿母您
快闪啊我快要撞到您啰，他妈妈说，阿财啊没办法呀你看我两
脚没穿鞋也还是给地板粘住啰哇哇。

　　林进财这就撞着了他妈妈，他妈妈抱住他，一起往他家大
门冲去。他家大门是木板钉的，钉得实在不牢，他们这一撞，

把大门给撞得飞出屋外，林进财和他妈妈抱成一团，躺在门板上爬不起来。

有一阵子，林进财家的梁和柱，发出一种小小细细的声音，他妈妈向来不会放过那声音，她说，你听，躲在我们家屋顶下那一窝鼠，现在跑出来了吧，她说这一撞撞得好，把她那窝心腹大患给顶了出来。但不久，那回音愈来愈大、愈来愈沉，林进财的妈妈推他一把，她说阿财快跑呀，我们家要倒啰。林进财赶紧起来，捡了他妈妈，他们跑，差不多快跑到王先生他家前面，他们回头看，奇怪，没事，他们家还是一团黑黑地立在黑黑的夜里，没有倒。

四周也全没半点动静，只有大雨整盆整盆地浇下来。

到处望望，没有人死，也没有人看到，林进财和他妈妈只好自己走回家。他们进了屋，他妈妈拾起他家大门，想把门填回去，她一比，奇怪，怎么门左右两边的柱子，不太整齐，门板，竟装不回去了。林进财的妈妈叫他来看，林进财趴下一看，喔，原来，他们家客厅右边那一面墙，给撞得向前突出了大概有半公尺。林进财高兴地告诉他妈妈说，我们赚到了。

他妈妈说我们怎么赚到了？林进财说我们家客厅现在变大了好几坪，现在，房子一坪都值上百万，林进财说，再多撞几下，只要房子还是没倒，我们就发财了。林进财的妈妈说别撞了别撞了，我们今天赚，一百万就好了。林进财站起来，看见他妈妈左边鼻下挂了一孔鼻血，他妈妈正抬着头，用大拇指把鼻血顶回去，林进财赶紧说，阿母，请您稍等，我爬到那边桌前，帮您拿几张卫生纸过来。然后林进财开始爬行，他说阿母您看，我两手两脚一起走，像狗一样走，就不怕跌倒了，但他妈妈说，阿财呀，我不能一直站在这里，等下又被黏住了。

然后林进财看见他妈妈也趴了下来。

那天晚上，林进财没办法睡觉，每次要睡着了，他妈妈就开始叫——大家快起来呀，不能再睡啦，我们的床要陷到地下去了，快起来把床换个位置啊。所以林进财干脆不睡了，他等天亮，去学校睡，但一睡着，就被老师骂，林进财整个上午差不多都在走廊上罚站。

中午放学回家，雨终于停了，林进财想，这下可以睡个饱了，没想到，雨不但停了，还出了个大太阳。林进财一回到家，就看见他家门口放了一个洗澡的大盆子，里面有水，他妈妈叫他赶快进去洗澡，林进财说我们整年也没在洗澡，今天不洗没关系吧。林进财的妈妈说就是整年不洗今天才要洗，好不容易出了大太阳，林进财说那我把盆子搬进屋里洗可以吧，林进财的妈妈说你敢你就试试看，我们家地板好不容易才又结成一块硬硬的，你敢再把它泼湿你就试试看。

林进财说，那我不要洗了，在门口洗澡，好丢脸。林进财的妈妈说，你小孩子你怕什么"丢脸"，赶快洗一洗，我要把盆子收起来，我等一下还要去市场捡东西。林进财说，这个水盆又没有人会偷你怕什么，林进财的妈妈说，你这小孩怎么这么缠人你快点把衣服脱了吧。林进财说不要，他妈妈来拉他，他往外跑，他妈妈很瘦，拉不住他，眼看林进财就要跑走了，突然，林进财的爸爸从屋里冲了出来，一把抓住了他。

林进财的爸爸说，叫你脱你就脱，脱脱脱脱脱，他爸爸几下把他的衣服扒光，把他推进水盆里，抱了衣服，靠在门边喘，林进财发现，他的力气好像快要比他爸爸大了。他爸爸对他说，洗，快洗。好几个同学围过来看，林进财蹲在水盆里，骂他的同学们，走开啦走开啦，谁看谁就他妈的是乌龟王八蛋，林进财的爸爸打了他一巴掌，他说你年纪这么小你就这么凶，你长大了你还得了。

林进财的妈妈拿了肥皂和毛巾给他，就出门去了。林进财只好赶快拼命洗，一会儿，他问他爸爸，我洗好了，可以起来了吗？他爸爸说，你脖子后面还没洗，大家都在笑，林进财赶快用力洗脖子后面，有人跟他爸爸说，他耳朵也还没洗，林进财的爸爸说对你赶快洗耳朵，林进财就赶快洗耳朵，又有人说他屁股也还没洗，林进财就赶快洗他的屁股。

他连脚指头都一根一根洗好了，就跟他爸爸说，我没地方洗了，他爸爸才把衣服还给他。林进财穿上衣服，奇怪，他觉得自己再也不想睡了，他一个人靠在土砖墙上发呆，看着他爸爸慢慢走下山坡，边走边摸自己口袋里的怀表，表链太长了，林进财知道，他爸爸一定想着要去表店把表链调短一点，林进财知道，因为他爸爸每天都在想这件事。

昨天晚上，林进财手脚并用，努力地爬向桌前，突然，他听见很大的一声"空"，他堵在门口的门板又倒了，他爬起，看见王先生就站在屋外，撑着伞很慌张的样子。王先生说对不起，真对不起，我原先想敲门，没想到竟把你们家的大门给，呃，推倒了。林进财的爸爸从王先生旁边闪了进来，踏过倒在地上的门板，走到椅子边坐下。

林进财的妈妈仰着头，请王先生进屋里坐，王先生说不用了，他就站在这里，把话说完。他拉拉皮带，指着林进财的爸爸，说下次再这样，我一定报警处理，说完王先生就走了。等了很久，林进财的爸爸跑到门口望了望，确定王先生已经走远了，才自己去把倒在地上的大门捡起来，盖上，一副累坏了的样子。

林进财知道，他爸爸又跑到王先生家里去了，因为从大收音机里，他爸爸听到，王先生全家晚上都要去喝喜酒，他还听到，王先生说要将那串备份钥匙藏在哪里。他知道他爸爸一定会去偷钥匙，打开王先生家的门，他爸爸会发现，果然没有人在里面，这时候——叮当——叮当——墙上的古董钟吐出一只高级的鸟，从天花板垂下晶莹灿烂的吊灯，此时正不断往下坠，但像结冰的湖一般光亮坚固的磨石地板，永远仍在离吊灯那么遥远的地方。

林进财猜想，这时他爸爸会模仿王先生的姿态，侧过身，把右手向屋内一摊，向一位看不见的客人，用愉快的声音说，请进，请进，这里就是我家。

然后，林进财看见他爸爸坐在一把湿湿的椅子上，椅脚正慢慢陷进一锅将要化开的粥里，有人撑着一把黑伞，站在一个黑暗的洞前面，伸出右手食指，指着他爸爸，说下次要报警抓他。

天将要亮的时候，林进财的爸爸妈妈，躺在一张浮动的床板上，模模糊糊地睡着了，安静了。在那之前，他们在睡梦中吵了一架，他爸爸喊，狗，我们都被看成狗了，搬家，我们明天就搬家，他妈妈喊，快起来呀，我们快沉下去了，我们会淹死啊。他们闭眼，各自高高伸出手，狠狠打了彼此一巴掌。

林进财赤脚站在地板上，感觉房间里逐渐蒸发起来的热气，聚集在天花板上，慢慢往下压，他扳起指头数，想起自己生存在这个星球上，已经整整十年了。

在天气最热的时候，林进财的爸爸把半干的衬衫、西装裤，还有西装外套都穿好，打起领带，从洋铁皮罐里偷了一点钱，看看他的怀表，像平常一样自信满满地喊，我出门去找钱啰，等我回来，我们就发财啰，然后他小心地把大门卸下，摆到一旁，大步走出门。林进财在他背后大声喊，爸爸加油。他爸爸摆开手，高高朝背后挥了挥，嘴里练习着，敝姓王，敝姓王，敝姓王。

林进财看着他爸爸边走边喘气，他觉得自己的力气已经快要比他爸爸大了。

林进财把洗澡的水盆收进屋里，他希望他爸爸不要太快觉得难过，虽然在睡梦中，他每天重复一样的难过。并且，林进财发誓要一直醒着，盯着这段斜坡路，他希望他爸爸不要再回来了，如果他再跑回来，林进财发誓，一定要杀了他。

暗影

我搬迁到一个新的住所，或者说，一个新的房间，那是冬天将要开始的时候。有生以来，我第一次感到这般疲累，我把行李全都塞进这个房间里，整个房间就只剩下一块足供躺平的空地，我铺好被盖，在潮湿与霉味中沉沉入睡。在黄昏我睁开眼睛，意外地清醒，依赖屋外透进的光影安顿自己的所在，我站起来，穿过窗户看见隔壁大楼一角，一名主妇忙着晚餐的身影。那些会令人感到希望与温暖的事，依旧只是生活上的琐琐碎碎，既幽微且抽离，它们本身并没有什么不对，但是它们太琐碎了，琐碎到我驻足瞻之，突然间我失去了信心。我想象自己走在人群中的猥琐模样，我微驼着背，两手倒背在后面，左脚向外斜斜迈出，右脚直直跟上，整个人歪歪扭扭，这是我新养成的走路姿势，如此走路时，视线只会看到自己的鼻子，我因此觉得舒坦。

有一天，我在附近这几条街上闲晃，在错错综综的几条小巷里，不时会遇到一个穿裙子的中年流浪汉，我们谁也没有兴趣跟踪谁，会不断相遇，只是因为我们似乎都没有走出这一区的打算，我们都只想在这个范围里穷耗一整天。后来，流浪汉停下脚步，他优雅地向我递过他手上的伞，友善地对我说："我们轮流。"一时间我不能明白他的意思，我看着他，这时我才发现他不是一个真正的流浪汉，他穿的也不是裙子，他全身上下披挂着几块累赘的布，指明他所伪装的也许是一个来自印度的苦行者，就连他的伞也和他身上的颜色相搭配，没有巧合，他整个人看起来热热闹闹的更像是一株细心修饰过的杧果树。

起先，我只是莫名其妙地尴尬起来，我对他说："我快逛完了。"接着我快步地往巷底走去，我抬头看天，并不觉得真的在下雨，我以为冬天的空气理应是如此的。然而，突然间我对这个人强烈地憎恶起来，我憎恶所有像我一样逸离人群的人，我憎恶他的从容与他邀请我共谋一项无聊游戏的闲情逸致，我开始不能控制恨意像是没有主体的影子在心中滋长。接触不良，无力沟通，"另类潮流新边缘人"，怎么形容都一样，我憎恶每一个由"我"开始的句子，因为我最厌恶的人，是我自己。站在街上我恐慌起来，我渴望看见任何正常人的脸孔，转过头去，我只看见那家咖啡馆贴在铁卷门上的，一幅征人的广告。

我进入了这家咖啡馆工作。每天晚上，我从住处走到咖啡馆，这样持续了一整个冬天。我有一种时间就此沉静下来的错觉，当然那只是错觉，对于人和天气而言，都不具有什么意义，人尤其善于伪装成各种样态。应征工作的那一天，老板娘详细跟我解释工作内容，日常的例行工作，扫厕所，浇盆栽，倒垃圾，每天的特别工作，清理空调滤网，清点库存，仔仔细细条列了一整张纸，我感觉到老板娘的紧张，她并不善于对人发号施令，即使勉力模仿权威老者那种又油又干的腔调，她刻意挤出的笑谈，让我跟着紧张起来。这会是个很特别的咖啡馆，老板娘说。我微笑点头，装出理解，并且热情响应的样子，事实上我完全不能想象一个很特别的咖啡馆，应该是什么样子。老板娘回给我一个温和的笑容，我再次见识到自己天性中的狡猾，我也看见，新漆上地中海蓝的油漆油油浮浮，或许要到夏天，它看起来才会真正像是阳光四溢的地中海滨。时间的沉积确乎是一种最不容易伪装的东西，我也的确无能走得太远。在咖啡馆里，我时常会遇见那名流浪汉，那株杧果树，我们私下称他为"大师"。我不时提醒自己，从容下来，从容下来，就像这家咖啡馆来来去去的各种声音，不管他们说的是什么，它们都应该也许会被伪装得更从容些，就像日复一日我练习端咖啡杯，我提醒自己，从容下来，从容下来，专注压抑自己的手时常会莫名颤抖的痼习，如此我能够短暂忘却自己心中不断生长的暗影。

　　日复一日，我练习着视而不见的同时也观察着印尼人，印尼人来台北学中文，他说他念不完大学，因为印尼盾贬值了一半，印尼的物价却涨了四倍，我问他为什么，他想了很久，努力想用他仅有的中文词汇，组合出一个完整的答案，半分钟安静地过去了。我教给印尼人两种回答问题的方法："我不知道"和"我不确定"，我教他，想不出答案时，这两句话可以轮流用。印尼人问我，这两句话有什么不同，我说："我不知道。"他又问我，这种说法会不会很不礼貌，我说："没关系，别在意。""没关系，别在意。"印尼人喃喃学着我的腔调。

在我们工作的咖啡馆里，印尼人站在柜台后面，他弯腰就着流理台的水龙头，慢慢冲洗所剩不多的咖啡杯。今天晚上生意清淡，我坐在柜台前的高脚椅上，望着印尼人头上的一盏小挂灯发呆，前几天，天花板沿着挂灯渗水进来，小挂灯的灯泡突然爆炸，到现在还没有人去修理。我转头看向老板娘，老板娘正在和她的朋友聊天，老板还没有回来。咖啡馆新近开张，但是进来的人好像都早已认识，整个晚上，门口每进来一个人，大概都能引起在座的客人一阵热烈的招呼，那新进来的人向老板娘挥挥手，然后去寻他的朋友，除了中央不易移动的沙发座以外，几张桌子被他们自动接成一排，愈接愈长，愈来愈倾斜，终于使得咖啡馆里一边空旷，一边拥挤，本来就没有差别的吸烟区与非吸烟区，在打烊之前，慢慢地，以一种极其人性的方式被搅成一区。尽管如此，老板娘非常坚持当有人推门走进咖啡馆，咖啡馆玻璃门上的铃铛叮当晃响时，我和印尼人要停下手边的工作，大喊一声："欢迎光临。"

整整一个冬天，寒流一个接着一个盘踞在咖啡馆外，街上到处都是湿冷一片，但从来没有下过一场像样的雨。咖啡馆里暖黄的光，穿过水汽凝结的大片玻璃透进街道时，整间咖啡馆看来就像是一只湖面上的水灯，或是一只捕蚊灯。每天挤在里头一角，相互取暖的人不多不少，堪堪是用一个季节可以辨识出脸孔，不彼此搞混的数量。印尼人被门上不知何时会响起的铃声给弄得精神紧张，他大约比我早来一个月，几天后我开始躲懒，他还是丝毫不放松，门口一有动静，印尼人警觉地大喊："欢迎光临。"响亮而标准，我跟着他的话尾口齿不清地附和着"光临"。老板娘对新开张的咖啡馆有许多坚持，但渐渐地，它们被这群熟客，用一个湿冷的冬天，以像随意移动桌子这种极其人性温暖的方式，给慢慢地模糊化解掉，冰块会在室温中安静地融化，变成一摊不成形的冷水，大概就是这种原因。

　　印尼人能记住所有的熟客，他喊完欢迎光临，歪头躲过面前的柱子，向大门张望一眼，对我说："马克思来了，蓝山咖啡。"我从柜台拿起点餐的单子，边走边写上，他说："导演来了，海鲜面套餐。"我边走边写上，点完餐回来，我告诉他："导演换了，牛小排套餐。"下次他会说："导演来了，不一定。"我确定印尼人的中文是这样突飞猛进的，这比任何看图说故事的语言课本都还有效。一天之中，印尼人也只有早上能去上课，大部分时间，他都得忙着赚生活费。下午，印尼人在一家便当店工作，他没有驾照，午餐时间，他骑着便当店老板的摩托车，在台北的大街小巷来回穿梭，也神速地记住了台北的街巷名。晚上七点，他准时到咖啡馆报到，一直工作到深夜打烊，第二天一早，他又去上中文课。

　　我又转头望向印尼人头上那盏炸掉的灯，印尼人不在意头上的黑暗，他熟练地洗着咖啡杯，我知道他放慢动作，是为了怕闲下来。灯泡爆炸的那一天，印尼人就站在这个位置，一声巨响，他头上挂灯的电线吐着火花，印尼人机警地按掉一整排挂灯的开关，甩着一双湿手，不知所措地站在那里，老板娘走过来，问他："没事吧？"印尼人发现大家都看着他笑，他也对着大家笑。大姊，老板娘的大姊，从柜台后方的厨房探出半边身，向外面看了看，对我笑一笑，又走回去。尽管老板娘已经在菜单上写明了供应晚餐的时间，但大姊不在意，她总是坐在厨房里等候，要我特别询问客人要不要点份晚餐，大姊说："刚开店，要拼一点。"这让老板娘很困扰，但大姊微笑着，坐在一张小板凳上，固守她的厨房，老板娘拿她没办法。

　　昨天晚上，过了晚餐时间，大姊走出厨房，到流理台前洗手，印尼人让开位置，他站在光影里晾着手，微笑着搜寻着那片原本在他头上的黑暗。大姊又找老板娘谈印尼人的问题，说非法打工，被抓到要罚钱，老板娘说再等等吧，至少过完年再说。我走回柜台，印尼人问我，老板娘她们在说什么，我说，没什么，不关你的事，印尼人放心地走回流理台前，就着水龙头，继续洗他的杯盘。

　　就在这个位置，印尼人努力练习说话，渐渐能说极为严谨的中文，有一天他对我说："我恋爱了。"我除了百分之百相信他以外，没有其他的感想，我鼓起所有的耐心听他叙述，这其中被几次门铃声打断，印尼人没有错过任何一次"欢迎光临"。他说他在学校认识一个印尼同学，我说："恭喜恭喜。"他快乐地应答："新年快乐。"过了几天，他说："我失恋了。"我除了百分之百相信他之外，没有任何感想。印尼人想了想，对我说："我一定要学好中文。"我相信我再也不会听到任何一则，比印尼人这个更短的爱情故事了。印尼人终于洗完咖啡杯，我看着他，他拿起抹布，开始尝试着抹干流理台。

门铃晃响。"欢迎光临。"印尼人望向大门，笑着说："大师来了，换音乐。"我叹口气，站起来伸伸懒腰，拿起点餐的单子，转过头去，大师已经走到柜台，拍拍我的肩膀，我闪避过，注意到他一向光鲜的脸上，今晚有些灰渍在上面。大师向印尼人打招呼："晚安，Jammy。"同时把斜背着的一口沉重的袋子甩在柜台上。"晚安，"印尼人说，"要不要换音乐？"大师闭目凝神听了一下，他说："不用不用，今天的音乐很好。"我忍不住想笑。

老板娘收了几个杯子回来，她的朋友已经走了。她走到柜台后面，问大师："吃饱没？"大师点点头，老板娘："喝什么？"大师说："随便吧，你决定。"老板娘踮起脚尖，在大师面前闻了闻："你有喝酒？"大师摇摇头，老板娘准备杯子，她要调一杯热巧克力牛奶。大师探头看看柜台角落堆着的一叠面具，他问："那是干吗的？"老板娘说："我先生演戏用的道具。你要不要找位子坐？"大师摇摇头："站着好。他还在搞剧场？"大师大声地说："九〇年代还有人在搞小剧场？他的青春期真长啊。"大师转头问印尼人："Jammy，你知道'艺术家'吗？"印尼人点点头，"你老板是个艺术家，"大师说，"你老板是个艺术家，因为他的青春期特别长。"老板娘笑说："你不要乱教他。"我说："你的帽子歪了。"大师把手掌覆在头上，摇摇他头上的小布帽。

老板娘把热巧克力牛奶放在柜台上，大师问："大姊呢？"老板娘向厨房努努嘴。大师说："她准备老死在厨房里吗？"老板娘打了大师一下："小声一点。"大师摇摇头，惺惺作态地举起杯子："敬生命。敬一群好人。"巧克力太满，溅到大师的手，大师拿不住杯子，摇摇晃晃又放下杯子。老板娘说："你真的喝醉了。"大师摇摇头，他转头看向咖啡馆的四壁，缓慢而游离，老板娘安静地跟着他的视线。大师摘下帽子，摩挲着脸，一副快要窒息的样子，老板娘倒给他一杯冰开水。

大师抬头，静止了片刻后，他兴奋地说："Jammy，你头上的灯，坏了。"印尼人尴尬地笑着，老板娘说："对呀，坏了几天，一直忘了修。"大师说："糟糕了，你开始厌倦了所以灯坏了你都懒得修，首先是一盏小灯，接着可能是你大姊在厨房心脏病发作了你都不知道。""太夸张了吧，我明天就会把灯修好。"老板娘笑说。"不不不，"大师说，"灯永远都修不完的，你要改变，首先是把厨房关掉，别让大姊再躲在里面了，关掉，咖啡馆不需要厨房。"老板娘说："这家咖啡馆，我大姊出钱最多，她才是老板。"

"所以她买下了厨房让自己可以躲在里面。那这样，"大师拉过他的袋子，伸手在里面摸索一会，拿出一本存折，"我也出钱，我们合作，重新装潢这里，我们来做一个最特别、最纯粹的咖啡馆，不用管那盏小灯了，怎样？"大师把他的存折摊在老板娘面前，老板娘还是笑着："哪有这样的？你真奇怪。"我说："修那盏灯，比较省钱。"

　　没有人理我。大师把存折随意往柜台一放，从柜台底下拉出一张高脚椅坐下，慢慢喝着他的热巧克力。印尼人对老板娘说，快打烊了，他想先去扫厕所，老板娘点点头，她看大师不再说话，也离了柜台。我拿起浇盆栽的小水壶，到流理台装水，咖啡馆只剩我们四个人，不，五个人，大姊在厨房里。大师突然对我说："你是个诗人。"我关掉水龙头，我说："你想说什么，就直说吧。""你是个诗人，"大师说，"我就是这个意思。""我是个咖啡馆小弟，而且我很不尽责。"我说。大师继续对我说着话，直到我听见门铃又响了，我大喊一声："欢迎光临。"

　　印尼人从厕所出来，看见进来的是老板，又走回去。老板手上拿着一张面具对我挥一挥，（是我是我），他这样说。老板娘轻轻瞪了老板一眼，（晓得回来了），她这样说。大师还叨叨絮絮不知说些什么，老板走到他身后，一手压在他肩膀上，对他说："大师，怎么有空来？""别叫我大师。"大师用肩膀甩掉老板的手，"我什么都不懂。""热巧克力牛奶，本店招牌。"老板看看大师的桌子，对老板娘说，"小陈，我可以来一杯吗？"老板娘走回柜台后方，老板拉了一张椅子，在大师身旁坐下。

　　"好大的袋子，你把家当都背着跑。"老板问大师，"最近在忙什么？""没做什么，你比较忙。"大师说，"名小剧场导演，名大咖啡馆老板。"老板看看老板娘，老板娘挤挤眼，（他喝醉了），她这样说。老板笑笑，摇摇头，放下面具："小剧场快垮了，这家咖啡馆也是。""头好晕，"大师问老板娘，"有没有Beatles 的那首 *Lucy in the Sky with Diamonds*？好想听。"老板说：

"对，小陈，找找看，好久没听了。"他先哼起了歌词。大师说："你别唱了，唱来唱去都是那几句，难听死了。""这首歌，歌词本身毫无意义，"老板说，"你忘了？""我忘了，"大师很快地回答，"你什么都记得，你记得剧场快垮了，咖啡馆快垮了，世界快毁灭了，所以你很快乐。"大师接着对老板娘说："小陈啊，你要小心那种看起来忠厚、专注的人，他们选定了一件事，就会像乌龟一样死咬着不放，再也搞不清楚实际是怎么一回事。他就是这种人，他会奋不顾身往下跳，不是因为这里面有什么希望，他只是不由自主，他拖着整个世界往下掉，世界没有因为他而更好，而他也没有得救的希望，拚命往下掉，这就是他快乐的原因。你还帮他泡饮料？别为他服务，不要宠坏他。"大师说着，把老板娘调好的饮料抢了过去。

老板站起来，他俯看着大师，大师正冒着热气，小口小口喝着热巧克力牛奶，霎时他的表情软化下来，他问老板娘："大姊呢？"老板娘说："在厨房里。"老板整整柜台上的一堆面具，捧起来说："那我先回去了。"说着走了出去。大师在他身后说："孬种，居然不回嘴。"老板娘皱着眉头，要我准备打烊，也追了出去。我把店外的招牌灯关掉，把大门"营业中"的招牌翻过来，回到柜台时，大师说："看看他们小两口，这是幸福的典范。"我耸耸肩表示我没有意见，我看着大师，我对他说："你是个哲学家。"大师抬头说："我是个屁。"我看着他唇上一圈巧克力渍，不知为什么心中惨然。我别开视线，他低下头，没有再说什么。我把咖啡馆的灯光调暗，这时我想起了大姊还在厨房里，我走进厨房里，看见大姊坐在矮凳上，头倚着大冰柜，大姊睡着了。所有人都累了。"大姊。"我轻轻唤她，"大姊，打烊了。""唔，打烊了，好。"大姊扶着冰柜慢慢站起来，她累了，她的眉头、眼边、嘴角都说明她累了，或许也有可能她只是老了。她终于站直了身："打扫厨房了。"我说："老板娘出去一下，等一下就回来。""唔，好。"大姊温煦地笑着。

大姊疲累地笑着，我退出厨房。我想起有一天，大姊来找我，她偷偷问我隔天一早有没有空来帮忙，我答应了，隔天早上，大姊在咖啡馆门口等我，她的三轮车上堆满东西，她也是这样笑着，她用钥匙打开咖啡馆的门，得意地对我说，她自己接到一份订单，中午以前要做出一百份便当。"刚开店，要拼一点。"大姊说。铁卷门半拉上，在那个并不大的厨房里，我看着大姊一个人轻手轻脚做出一百份便当的菜量，我的作用不大，只是把便当装好，在每份便当上面夹一张大姊印好的小纸片，上面写着这家咖啡馆的店名和地址。我们把便当堆上三轮车，大姊骑着走了。那一天，在这个空无一人准备中的咖啡馆里，像是没有人来过一样，一切都没什么不同，只有我独自坐在桌前，吃着大姊留给我的一份便当。

她护卫她生活的方式像是护卫着一种残疾，她护卫着一种残疾的方式会使人爱上这种残疾。我就这样站在厨房门口，不知道还能往哪里走。印尼人回到流理台前，洗着大师的杯子，他看见我，对我说："大师回去了，钱在柜台上。"我点点头。印尼人问我："老板和老板娘怎么都不在？"我摇摇头说："我不知道。"如果是不久之前，我想我会很严肃地告诉印尼人说："因为老板和大师吵架，就走了，老板娘也跟着走了。"印尼人会说："吵架？我怎么没有听见吵架的声音？"我会跟他说，有时候吵架不一定要很大的音量。印尼人会问："那怎么办？我们要怎么关门？"我会说："没关系，别在意。"没关系，别在意，他们会回来，明天，你头上的灯终于会修好，像是没有人来过一样，一切都没什么不同。一切都没有什么不同，我想着大姊转瞬即逝的笑容，我问印尼人："大师有没有说什么？"印尼人说："没有。"

　　我想着他，Jammy Samtoso，这个印尼人，他每天在咖啡馆洗碗盘，可以得到一杯免费的饮料，他浏览着菜单上的饮料名，那是他眼神最放松的时候。今天，他洗完杯子，如同往常一样走到柜台后面，他想了一会，然后开始敏捷地拿起各种原料，他对这个咖啡馆的熟稔超乎我的想象，他煮出两杯浓绿色的东西，装在马克杯里，一杯请我喝，他说这叫"台湾"，我狐疑地问："你把薄荷油加进去煮？"他神秘且得意地说："没有，我没有加薄荷。"他的"台湾"，数十种东西伪装成的另一种东西，我喝了一口，太浓太烫了以致我根本分不清它的味道。

　　印尼人说："这是礼物，谢谢你送我一本字典。"我听了，想不起来我什么时候送过他一本字典，后来我想起来了，我的确送过他一本辞典。那天，我在行李中翻出一本破烂的词汇，那是我小学的毕业礼物，我心血来潮地查看"印尼"这个词的意思，上面写着："国名，'印度尼西亚共和国'的简称，详'印度尼西亚'条"，我不知要怪这本辞典编得太过精简还是太过琐碎，我浏览过"印象""印鉴""印花税"……找到"印度尼西亚"条时，已经懒得详看底下的解释了。"印度尼西亚"，在词汇里，夹在"印度半岛"和"印第安人"之间，再过来是"印度支那"，我重重阖上书，我想，像这种怪书，我应该把它送给印尼人。

我意外印尼人还记得这件事，如同我始终不明白何以在我不断的搬迁过程中，这本书始终被收进我的行囊里。小学毕业典礼后，我领到这个沉重的礼物，我抱着它出了校门，也突然像现在这样不知道还能往哪里走。那阵子天天有人到家里争吵，我不想回家，我沿着小镇的主街走到火车站，我把这本书丢在候车室摆放佛书的架上，然后跑开了。我沿着铁轨旁的小巷走着，穿过轨道上的天桥，再走回来，火车站四野的围墙上，天桥的柱子上，到处有人用歪斜的字提着怪异晦暗的语句，有一个我永远记得："无害人会健康。"好多年后，当我有能力搭上火车到处游荡时，我在一个忘了名字的偏僻小站的墙上，看见同样的字句，我因此怀疑有一个鬼魅般不死的流浪汉，附身在火车上，一站游过一站。我没有那样的勇气，那天，我在火车站四周乱逛，将近黄昏时，我终于还是跑回去寻那本被我丢弃的书，远远地我就看见它安然躺在架上，偌大的整个火车站，就像没有人来过一样，一切都没有什么不同，我因之深深庆幸着。

我庆幸着一切都没有什么不同。如今，我放下杯子，回避过印尼人的视线，我拿起扫把，扫着咖啡馆的地面，我的手又不由自主地颤抖起来，我提醒自己，专注下来，专注下来，我从来没有真心去了解印尼人的诚意，他误以为是的善意，不过是我琐琐碎碎生活里不小心的意外。琐碎的生活，如今我回想起来，这个冬天的确下过一场大雨，雨水打在柏油马路上，旋转起及腰的雾气，在大雨之前，我父亲找到了我，他还开着那辆破旧的发财车，我打开房间门让他进来，他责怪我，又搬家了也不通知家里，我耸耸肩，把房间里唯一的一张椅子让给他坐，我站在门边，他环视着我混乱的房间，有好几片刻我们都不知该和对方说些什么。他问我为什么大学念了好几百年都还没毕业，我叫他别管我，他只要照顾好他自己和妈妈就可以了，他叹了一口气，他说，像隔邻的某某某，念完书签了志愿役，薪水多，开支少，他妈妈帮他招会存钱，等他退伍后他就有事业的本钱了。我打断他的话，我说："我不能当兵，我受不了，我会自杀。"

我说谎。我这种人不会自杀，即使对未来没有任何寄望，我还是会用最低的能量寄生下去。父亲轻轻说："随便你了，反正现在我说的话，没有人会听。但是我总希望你……""怎样？"我大声说。父亲说："没什么。"然后他再也不说话了，我说，你累了就睡觉吧，我现在要去打工了。我要往咖啡馆的路上走去，才发现雨已经下得很大了，我没有回去拿伞，我一意跑着，我感觉心中的暗影腾涨而出，我想要大声喊叫，然而我什么也说不出口。印尼人大喊："欢迎光临。"对我说："你淋湿了。"老板娘拿毛巾让我擦干，那一晚，我再次抛下我的父亲，静默而呆滞地伪装自己在咖啡馆里，我看着天花板渗出的雨滴沿着挂灯的管线回旋爬行，在中途干枯了，另一滴雨水接续着，旋转着，努力向下延伸，我抬头呆望着这些水珠以致我的眼睛被灯光螫得酸痛，我感到莫名的压迫感，然而我快乐极了，我以为天花板会不断渗出大股大股的水，整片天花板将要旋转着向下崩解，安静的一分钟过去了，我没有警告印尼人。然后，那盏小挂灯碰然爆裂，灿烂的火花，在黑暗中，旋转着，消失了，就消失了。

　　印尼人不知所措地笑着，我也对他笑着。日后他安然地站在暗影里洗着杯盘，没有人记得要为他修好灯。那一天，印尼人叹口气，用他严谨的中文对我说："我好孤单啊。"我愣了一下，但我不知道要如何纠正他，我说我们不会这样说的，印尼人问："那你们怎么说？"我真的不知道，在我记忆中，没有人对我这样说过，或许就算有人说过，它应该或许也是更复杂更隐约的方式，我从来不屑去听懂，我以为孤单是不值得去化解是不值得用共谋般的游戏去彼此取悦的。我没有办法扫地了，我对印尼人说："我好孤单啊。"我笑着，同时有生以来，第一次我想念起我的父亲，我的母亲。我想着这个男人，我的父亲，在台湾经济起飞时，他与兄弟开了一间小纺织工厂，过着自给自足不问人事的生活，然后他的生意失败，他与自己的兄弟打官司打了好几年只分到一辆小发财车；然后他的妻子，我的母亲，整日惶惶不安怀疑有人迫害但是大多数的时候她根本不认得人；然后他唯一的儿子，我，用一种最浅薄最不掩饰恶意的方式一再想要抛下他们。我想着这个女人，我的母亲，她多久不曾笑过，她的笑容必然曾经温煦美好然而她累了，她的眉头、眼边、嘴角都说明她累了，或许也有可能她只是老了，她的老态和其他将老的人们一样。他们一样都在老去，我多么期盼一切都没有什么不同，我将会因之深深庆幸着。

　　我感觉印尼人的手关切地搭在我肩上，我对印尼人说："我好难过啊。"然而我笑着，我笑着想起杧果树，伪大师，永远的流浪者。他说："你是个诗人。"我说："你是个哲学家。"他说："你好像很讨厌我。"我说："我真高兴你看得出来。"他笑着说："没关系，我也很讨厌我自己，我只是试着喜欢罢了。"他问我："你不相信世界上有真正的坏人对不对？"我说："有啊，我就是。"他友善而优雅地举起他的巧克力牛奶，对我说："这就对了，敬青春。"他一饮而尽，然后我看见雨中什么都看不清的大片玻璃窗外，老板娘和老板相偕走进来，他们问我，你怎么了？怎么在发抖？我说，没事没事，我现在很快乐，我看见光明与黑暗，我感到快乐且冰凉。

　　——本文获二〇〇〇年台湾"大专学生文学奖"短篇小说参奖

躲

今年夏天即将结束的时候，我大伯完成了他生命中最伟大的工程。他在我们村子里，每一块确定因人力不足而无法复耕，主权又因所有人过多而不清不楚的土地上，都立起了一座小屋。我大伯证明了他的话不是夸夸空谈，据他的说法，房子这种东西，充其量只是几面墙再盖上个屋顶，把一块好好的地围起来，让在外面的人，不能看清你在里面干些什么而已。

我大伯说，有钱的人隐私多，有权的"政府"里雇的有钱的人多，所以他们盖的房子也就高大很多，但他可是穷得光明正大，正大光明，所以他盖房子，很有一点参透世事的味道。一开始他先看准了地，然后刨秃一块地皮，铺上砂石，在空地四角支起四根大柱，再在大柱四点架起四根横梁，摇一摇，看梁和柱差不多都稳固了，这时我大伯会停下来抽根烟。

在烟雾中，我大伯眯着一双风水师的洞眼，构思着房子的墙与屋顶，地势低的地方易长湿气，我大伯就钉起三面墙，地势高的地方易闷热，我大伯就只钉两面墙。我大伯历经了六十几个春夏秋冬，这些纠结的季节让他省略了房子的门与窗。整整一个夏天，我大伯都在田地上，表演这个神出鬼没的戏法，我们看见他扛着木头，从这间小屋进去，从另一间小屋出来，渐渐地，他把自己那残破的家与自己那同样残破的晚年生活一起掏空了，在一间小屋里，他倚着饭桌，孤单地吃饭，在另一间小屋里，他架起床榻，孤单地睡着。

常有一些不晓事的后辈，笑问我大伯，这些小屋子是做什么用的？我大伯会说，这些小屋子是看守的亭子，用来保护这些田地。如果旁人还追着问，这些废耕的田地又无作物，杂草已经准备蔓过他那刚钉好的四根大梁了，有什么好保护的？我大伯会撇撇嘴角，暗自嘲笑那人天真糊涂，在他心中总会出现那样空荡光亮的一片风景，这使得我大伯惯常地沉默了片刻，然后他会正其颜色，摆出训诫晚辈的语气说，就是空地才要小心保护，要小心，外面的人整天开着卡车进进出出的，趁你不注意，倒了一整车的废土在你的田地上，或者反过来，把你一整块田的好土都挖走，到时候，你哭爹叫娘都来不及。

至此，我们都相信我大伯有点神志不清了，我大伯沉浸在过往的回忆里，却还整天把新闻里报的事挂在心上，这样日子就很难正常过下去了。在我们的心中，存在着一个不远不近的现实，这个现实比昨天的哀伤近，比明天的忧虑远，我们信任这个现实，因为这样微妙的距离，常让我们激发出一种连自己都感到意外的悲悯情怀。我们每天看着我大伯在田地上忙碌，却没有人有想要阻止他的意思，毕竟，我大伯外出的这几十年，我们也做着一样的事，不同的是，我们请来挖土机和一批建筑工人，仔细测量，议定好范围，用水泥封起土地，在上面盖起独门独户的洋房；或者，我们花费一番工夫，让农地不再是农地，上面可以拓宽马路，或者盖起工厂。如果真要比较的话，我只能说，我大伯的所作所为，真像是一场无害的恶作剧，跟恶作剧的人，你能认真什么？

现实是，是的，除了我们那个已经不能言语的我奶奶，也就是我大伯的母亲外，我大伯是我们每个人的长辈，因为这个缘故，我们能容许他在我们日常相聚闲谈的那棵大榕树下，也支起这样一座两面墙的小屋。这个酷热的夏天，我们挤坐在我大伯钉的床板上纳凉，拘谨地膝盖头顶膝盖头，从外面看，就像是一整个家族的人同时装进一个随时要塌陷的木箱里一样。在唧唧蝉声里，我们看着我大伯，又肩着木头，或是一柄榔头，也有可能是一床棉被，或是一张桌子，对我们怪异地狞笑一下，随即走远了。

一直要到有一天，我们远远望见，我大伯肩上搁的，居然是我奶奶的头，我大伯也想把我奶奶，像是一件家具一样，放在天晓得是哪一间小屋里，我们才体会到，事态严重了。

我大伯在年轻时和他爸爸，也就是我爷爷，大吵了一架，就跑进山里挖煤矿了。这期间，我奶奶每天天没亮就起床，用很大的咳嗽声或很小的诅咒声，警告我们这些贪睡的后辈，然后脚不点地跨出三合院的门庭，去田地里忙碌一整天，即使是我爷爷出殡的那一天也没有例外。老房子拆了，新房子盖好了之后，我奶奶省去了咳嗽或诅咒的程序，只是在出门时，把铁门用力带上，然后我们都知道，得赶快起来了。

新房子盖好之后，我奶奶出了门，连午饭都不回家吃了，她在田里伏摸一整天，傍晚时，我奶奶忖着日头，准时在夕阳将要落下时回到家，照样一言不发。她的影子拓在水泥地上，看起来比在黄土地上干扁枯瘦，人好像也一天一天矮了些。

然后有这么一天，太阳落下了，我奶奶还没有回来，我们走出家门，到田地上去找她。与其说是找，不如说是我们心照不宣地朝着某一个特定的地方走去，我们看见，我奶奶缩着身体，躺卧在水塘边，睁着眼睛瞪视着我们，不，或许我奶奶并没有瞪着我们看，因为天色暗得很快，我们其实很难看清倒在地上的我奶奶，如果我奶奶能看见什么，那一定也是我们这些后辈们连在一起的，一抹模糊的影子。那时候，四周真是安静极了。我们没有任何骚动不安是因为，我奶奶其实已经好多年没有对我们说话了。

几天之后，我们去医院领回我奶奶。我们决定将她安置在我家厨房一张躺椅上，在那里，我们替她擦身、换尿布，有时候甚且为她咳嗽，或者诅咒彼此一番。我奶奶有时候会睡着，但是大多数的时候，她就那样鱼着一双眼睛，吃饭的时候，我们会说，奶奶，该吃饭了，然后将米汤，慢慢灌进我奶奶脸上的嘴孔，于是缩着身体的我奶奶，看起来，开始又胖了些。

然后我大伯就回来了。我大伯在我们家门口望了望，没有要过来的意思，倒是我爸爸，也就是我大伯的弟弟见了他，像是看见鬼一样惨叫一声，呼一声打开铁门，于是我大伯就站在我们眼前了。他看了他弟弟两眼，又多看了我们这些不认得的晚辈几眼，然后他一转头，透过一道门楣，一眼就看见厨房里缩在躺椅上的，胖得像球一样的他妈妈。然后他又转头盯着客厅嗡嗡作响的电视看，像是要确定他并没有来到外太空，如果真有什么不同，那只是因为他离家太久的缘故罢了。

　　我大伯满意地点点头。然后他问我爸爸，后面田地搭起的棚架底那一整片兰花，都是他种的吗？我爸爸偏斜的头用力地点了点，我爸爸虽然已经治好了重听的毛病，但有时他还是不自觉地用一只耳朵对着正在说话的人。我大伯又问，前面的田地已经卖给工厂了吗？我爸爸又用力地点点头，然后我爸爸突然说，是爸爸，也就是我爷爷，卖的地。

　　我大伯的弟弟的妻了，也就是我妈妈，觉得应该自我介绍一下，于是她轻轻喊了一声，大哥，然而我大伯已经行李上肩，出了铁门，于是，我们一整个家终于没有陷入混乱中。我大伯站在我家门口，觑了觑合拢上来的，春天的星光，春天多雨，正是溪流腾涨，渔船开始驱赶东北季风的时候，那时候矿场也会寂寞一些。我大伯叹了一口气，我们也松了一口气。我大伯往门外的旧房子走去，那是"ㄇ"字形的三合院仅存的左边那一角，像是一段尾大不掉的盲肠，然而我们终究没敢拆，像弃置一座墓园一样任它荒废着是因为，是的，在我奶奶还能数着自己的影子时，在她低声的诅咒里，她每每预言着，这一天将会来到。

　　于是，我大伯终于回来了，他花了一个夏天，盖好了十一间看守土地的亭子。有一天，我大伯的肩上依着我奶奶的头，一声不响地从我们面前经过，没有人知道他是如何进到我家，把我奶奶背出来的。在那棵我们日常相聚闲谈的大榕树下，我爸爸就坐在我旁边，我爸爸虎着身体一跳跃到我大伯面前，歪着头问我大伯，你想把妈妈背到哪里去。

　　我大伯愣了一片刻，沉默了两片刻，他俯视着比他矮两个头的我爸爸，我奶奶的嘴角淌着米汤，很快地濡湿了我大伯的肩头，但米汤随即又干了，在我大伯的肩头结了痂，像是褪落的死蛇皮，僵持着不动。我大伯直了直腰，他说，我是长子，妈妈由我来养。我爸爸还是虎着身体，这个姿势让他有一种怪异的威严感，他说，别乱了，大哥，你也不想想。

　　我爸爸究竟要我大伯想什么，他就这样止住，没有接着说。我大伯又把我爸爸从头到脚看了一遍，然后他突然转身，把我奶奶，又背回了我家。

　　我们都站起来了，看着我大伯背着我奶奶，一步一步往回走，我爸爸无声又无奈地低呼了一口气，这使得他那微驼的背又更弯了些，刚刚那如虎般的威严也顿时没入正午的蝉鸣中。除此之外，没有人知道应该说些什么。

　　我大伯低着头走着，渐渐地，他觉得肩上的我奶奶已经不再吐着米汤了，我大伯听见我奶奶沉闷地响了一声，听起来不太像是人类的声音，我大伯以为我奶奶将要开口说话了，他惊愕地回头一望，一瞬间，他不太确定自己背的是什么，他看见一张多皱的肉脸上，一个黑暗的嘴洞正朝着他的鼻孔喷气。我大伯闻到了一股糜味。

我大伯时常闻到奇怪的味道，他把这些都当成是神秘的呼唤。很多年以前的一个冬天，我大伯站在田地上，就确确实实闻到一股鲜鱼的味道。那是一段不得不丰收的年岁，即使是冬天的时候，田地里的工作也不能稍停，熟稻收割了，又急着下苗，赶在过年以前，还能收获一次。我大伯闻到了一尾大鱼，压低着身子，从远方看不见的碎石路上缓缓游来，当我大伯扛着锄头，走到路旁时，他没有看见任何在路上游走的鱼类，他只看见一辆塞满人的大卡车停在路边，然而，那鱼肉的味道是如此地浓烈鲜美，使我大伯看着这一群陌生人，唾液仍不自觉地分泌着。

站在卡车上的人们的皮肤，都晒成一种无法褪色的黑，我大伯从他们的颈背脸颊上，看见一片一片如鱼鳞般因过度焦烤而僵硬坏死的皮肤，皮肤上粘着灰黑的盐粒，他们暗红的血色从鱼鳞皮的缝隙透出，我大伯确信这就是那股味道的来源。我大伯一直无法言语地吞着口水，直到他觉得干渴难忍，直到斜身靠在车头顶的那一个少年问他，往后山的路是不是往这边走？我大伯才回答说，是的。我大伯问他们，要到后山做什么？少年回答，挖土炭。我大伯问，山里有土炭吗？少年回答，山里还有黄金呢，要一起去吗？一整车的人都笑了，那少年的笑容是那样开朗，没有任何嘲笑的意思，少年扬了扬手，又复拍拍车顶，卡车呼呼发动引擎，朝山上开去。

车子从我大伯身边经过时，我大伯看见车头的那个少年，这时居然站在车尾。我大伯当时吓了一跳，他以为自己看走眼了。

当时，我大伯想起来了，这群人必定是来自临村的讨海人，进入冬天以后，有三个月不能出海，这时他们下了渔船，就要像这样一车一车地离开海边，入山找生计。以前我大伯的爸爸，也就是我爷爷，就常常指着那些受雇来帮忙收割稻子的讨海人说，在海上工作四个月要吃一年，没有地的人，你说苦不苦？

现在，我大伯想起来了，那个少年的手势就是一个神秘的呼唤，我大伯回家吃午饭时，他把锄头倚在门边，他告诉我爷爷，他也要入山挖矿。我爷爷坐在饭桌边，一脚翘在条凳上，正死命地扒着饭，没有理会我大伯的意思。坐在他旁边，一脸黄泥的我爸爸，抬头眨巴着他那双黑白分明的小眼，看了我大伯一眼，又把整颗头埋进手里的那碗饭，只警觉地拉长了耳朵，我大伯也嫌恶地回了我爸爸一眼。于是他又说了一遍，我也要去后山挖矿。

好啊，我爷爷说，赶紧去啊，暗时[1]带一点土炭回来烧。说完他自己哈哈大笑了起来，把我爸爸竖着的耳朵旁那颗头震得离了饭碗，后来我爸爸有些重听，一定是因为他总是坐在我爷爷旁边的关系。我大伯深深地叹了一口气，那一阵子我爷爷心

---

1. 暗时：夜晚、晚上。

情很好，那是因为他终于修好了房子，而且总算有了自己的地的关系。我大伯说，我是说，我不要种田了。

这句话果然引起我爷爷的注意，我爷爷抬头看着刚刚端着一碗菜汤进来的我奶奶，他对我奶奶说，你听听看他在说什么猎话[1]。我奶奶没有回答，她慢慢走着，稳稳当当把那碗菜汤放在饭桌上，然后她就站在桌旁。我爷爷站了起来，来回踱着方步，良久，他很认真地问我大伯，种田哪里不好？

等不及我大伯回答，我爷爷接着说，你知不知道，我们现在种的是自己的地。我大伯低低地说，收了的稻谷，差不多都还回去了，说到底，有了地也不见得较轻巧，况且，况且，我大伯盯着我爷爷看，迟疑了片刻，他并不是害怕，只是不知道为什么突然有些不忍，我大伯皱皱眉头，接着说，况且，今天"政府"高兴说要给你，明天他不高兴还是收了回去，到时你也没他办法。

我爷爷后退了一步，他回头看看我奶奶，这使我大伯不能看清他的表情，于是他看看我爸爸，想从他那里看见什么，然而我爸爸只是低着头。你不知道，你不知道，我大伯听见我爷爷喃喃地说，戏棚下站久的人的。突然，我爷爷转过头对我爸爸说，你怕艰苦对不对？我告诉你，做什么都艰苦，有一块地，最无[2]你还知道艰苦是为什么，比如讲，比如讲，你看看

---

1. 猎话：疯话。说的话不伦不类，像疯子所讲的。
2. 最无：至少。

那些讨海人，脚不着地四界追鱼，艰苦四个月要吃一年，你说
苦不苦？

　　我大伯摇了摇头，他向来就讨厌我爷爷这样随便猜测自己
的心意，然而，当时他自己的心意是什么，其实我大伯自己也
说不清，所以我大伯只空空地说，我已经决定好了，我不要种
田，一年透天¹，无个了结。

　　你要什么了结，你要什么了结，你七少年八少年²你想什么
了结？我爷爷终于发怒了，他说，好，要去就去，以后咱这些
田没你的份。这样最好，我大伯忍不住还是回了我爷爷一句，
然后，他回过头，走出大厅，走过我们门前的庭地，走进他自
己的房间。

　　我大伯在自己房里，很快收好了行李，然后他默默在床沿
边坐了一会，他看见我爷爷大跨步走出庭院，要到田地里去，
我大伯依旧没有看清我爷爷脸上的表情。房门很窄，即使是新
修补好的门面也是一样，我大伯事实上只看见了我爷爷几个模
糊的步伐，很快他就消失在门框后了，然而我大伯依旧坐着，
甚至没有偏头让目光跟上去，那是我大伯最后一次看见我爷爷。
下午的冬阳暖暖地照着，我大伯突然有一种轻松的错觉，这种
感觉让他微微觉得昏眩，他正要起身拾起行李，看见门边还有
一个人鬼鬼祟祟向自己张望。

---

1. 一年透天：整年、一年到头。
2. 七少年八少年：年纪轻。

那是他弟弟，我爸爸。我爸爸下巴垂着一团饭粒，饭粒粘在他黄泥一般的脸上，我大伯觉得，这些饭粒很像是直接从他脸上长出来的，秧苗插在他脸上相同的这抹黄泥上，稻子在他脸上这抹黄泥地上长了稻穗，稻谷曝晒在他脸上这抹黄泥地上，稻米在他脸上这抹黄泥地上去壳，米饭在这抹黄泥所砌成的灶上焖熟，他们一家人吃了下去，然后再在这抹黄泥地上插秧，我大伯这样想着，然后他招招手，唤我爸爸进来。

大哥，我爸爸叫了一声，接着就沉默不语，我大伯等了一会，见我爸爸呆站着，只好问，什么事？我爸爸把左边的耳朵转过来对着我大伯，这意思是说，他没有听清楚我大伯刚刚说些什么，我大伯走近一步，然后大声说，你有什么事？我爸爸这才拿出一方鼓鼓的毛巾，我大伯看了，生怕他会从毛巾里掏出一条黄瓜，或是一把芹菜，就像他每天在田地上忙碌，傍晚时总有办法带回一点不知道种在哪里的东西一样，但我爸爸只从毛巾里掏出一叠折得皱皱方方的，像是再也无法摊平的钞票。

这个给你，我爸爸说。我大伯很惊讶，他对着我爸爸的耳朵大声喊着，你怎么会有钱？我爸爸听了，以为我大伯在质问他，于是他低头小声地说，这是我自己存的。我当然知道是你存的，我大伯大喊说，我又没说是你偷的。我是说，我大伯是想问，你怎么有办法存到这些钱？但是他突然觉得这句子已经太长了，他不能确定我爸爸能否全部听完，于是他只是从我爸爸手中接过那叠钞票，然后对我爸爸说，多谢你，我会还的。

我大伯把行李背在肩上，走出自己的房门，他回头，看见我爸爸还用耳朵对着他，于是他使劲吼着，我说，我会还你的。
我知道，我爸爸也对我大伯用力吼着，他用手指指自己的耳朵，
意思是他早就听见了。他的表情也仿佛要哭了。

　　我大伯走出房门，走到那条他第一次看见那辆载满讨海人
的卡车的碎石路旁，他看见我奶奶站在那里等他，我奶奶淡淡
地告诉我大伯，到外面如果受不了苦，还是回来好了，我奶奶
要我大伯别担心，因为我爷爷说，该留给他的他会帮他留着。
我大伯问我奶奶，这些话是她自己说的吧？因为我爷爷绝对不
会这样说。我奶奶依然张着她那双笃定的眼说，都一样，我说
的就是他说的。我奶奶说，我等你回来。我大伯无所谓地耸耸
肩，片刻沉默后，他对我奶奶说，我走了。然后他朝着碎石路，
一步一步向山里走去。

　　于是多年以后有这么一天，当苍老的我大伯背着我奶奶
要走回我家时，他被我奶奶所发出的一声闷响吓了一跳，他
以为我奶奶就要开口说话了。在他年轻的时候，我奶奶那些
简洁的言语总是能给他最大的安慰，然而这次他回头，只看
见我奶奶张着一张光滑的嘴，像他在海上见到的海豚的沁孔
那样对他吐气。当我大伯又跨出一步时，他觉得自己踩到什
么东西，他很快提起脚尖，一低头，他看见我奶奶的假牙掉
在地上。

　　我大伯捡起了假牙，看了一会。他突然又向我们走来，然
后，他突然咧着嘴大笑，哗啦哗啦说了一长串的话，他笑得那
样开怀，使我们很难听清楚他在说些什么。我们看见我大伯手

上拿着我奶奶的假牙，只恍惚听见我大伯说，你说好不好笑，阿母把早餐吐完了，没东西吐了，所以所以，她把自己的牙齿也给吐出来了，哈哈哈哈，你说好不好笑。

你说好不好笑。我大伯对着我爸爸的耳朵用力地喊，他不知道，自从不需要再坐在我爷爷旁边吃饭以后，我爸爸的耳朵已经好了。我大伯一甩身，把我奶奶甩到怀里，他说，让我看看还有什么东西是假的，接着就伸手搬弄我奶奶的耳朵和鼻子，我爸爸赶紧把我奶奶给抱了过来。我大伯依旧哈哈笑着，拿着我奶奶的假牙，自顾自地走了，就像多年以前他自顾自地走在碎石路上，往山里走去一样。天晓得他想把我奶奶的牙齿藏到哪里去。

多年以前，我大伯在那段碎石路的尽头，发现那辆被讨海人抛弃的卡车，像是一艘搁浅的船。他接着溯溪而上，当他终于来到山谷时，他看见山谷四面的土地，都已经被挖翻了，山壁上张着几个口洞，那就是矿坑入口了。

我大伯找到了矿工领班，领班只问他怕不怕黑，我大伯说不怕。领班说他说的不是那种你半夜起床解手还能掏出自己家伙的那种黑，他说的是那种既稀薄又浓稠既炽热又冰冷的那种地底的黑。我大伯疑惑地看着领班，他看见那个少年讨海人出现在领班背后，对他顽皮地做着鬼脸，少年像是脱去了一层鱼鳞皮一样，他的脸色白了许多，我大伯也对他笑了。领班说你笑什么，有几个人就受不了这种黑，在矿坑底发了疯，这可是很危险的。我大伯说，我不怕那种黑。领班说好吧，你先推台

车试试，懂吗？矿坑都有轨道，你推着台车下去，把他们挖的
东西推上来，我大伯说懂了，这很简单。

　　我大伯在黑暗的地底工作，那群捕鱼郎们用撒网的手挖着
炭块，放进我大伯面前的台车，我大伯推着台车，从深深的地
底向洞口推来。地底的光是没有层次的，真正的光亮总是到洞
口才猛然炸开，等我大伯终于能看清楚四周时，他看见的，居
然还是在地底那张少年的脸。我大伯后来才终于明白，这不是
同一个人，他也没有看走眼，这是那少年的妹妹。我大伯总是
这样说，你哥哥在底下很平安，或者他会指指自己的头，对少
女说，我们都还没有发疯，然后少女会对他笑一笑，我大伯把
台车的炭块倒进小女孩的台车里，然后少女骨碌碌地推走了。

　　然后事情有了些不同，领班所说的那种黑暗，并没有带给
我大伯多大的困扰，倒是洞口的光明，像是在对我大伯开着玩
笑。我大伯每次走出洞口，都会觉得这个少女跟上次见面时有
些不同，渐渐地，我大伯再也不会把少女和她哥哥搞混了。第
一次，她的头发好像长长了一寸，头发披散在光里，遮住了她
一半的脸；第二次，她的嘴唇红润了十倍，整张脸红过正午的
太阳；第三次是她的手，第四次是她的脚。

　　我大伯改问少女，你叫什么名字？你喜欢吃鸡肉吗？然后
我大伯不再问她问题了，我大伯告诉她，台车要这样推，今天
比较热，小心那边的路。然后我大伯不再和她说话了，我大伯
晚上在工寮里，就着日历纸，涂涂画画，然后在台车交递时，
把这一片片纸片也递给少女，有时我大伯画了一朵花，在旁边

画上少女的脸，有时我大伯画了一颗日头，在旁边也画上少女的脸，有时我大伯寄望能写些什么，于是他拿着纸片，到处描着贴在或刷在墙上的贺词，他以为那些字也许能比自己多说些什么。有时他写给少女，恭贺新禧，有时是，保密防谍，人人有责，有时是，请至村公所领取灭鼠药。

春天到了，讨海人们要回到海边，他们下了山，找到那辆搁浅的卡车，整群人都走了。领班摇头叹气，我大伯也忧郁许多，他代替捕鱼郎们在地底挖着炭块，觉得洞口的光明不再吸引人，而地底的黑暗开始令人觉得不安。夏天过了是秋天，接着冬天又到了，讨海人又回来了，这时我大伯坚持要推台车，理由是他还是怕黑，只有这理由能让领班接受。

冬天又将近的某一天，领班看着收获的报表，咬着牙说，等那群讨海人又来了，他一定要偷偷下山把那辆卡车给烧了，但领班随即又叹口气，说烧了也没用，这群人如果要走，爬也爬得回去。这句话给了我大伯一个灵感，于是有一天，他把这一年所写的纸片藏在怀里，离了矿场，沿着碎石路而下，向海边走去。

我大伯不知道自己究竟走了多久，因为海岸线曲曲折折，有时他觉得自己走了很久，回头一望，同一个海岬，仍在不远的地方。有时他觉得游泳也许会快一点，于是他试探着下水游一点距离，渐渐他发现，如果只想着一件事，那么游泳也不是一件太难的事。我大伯的衣服湿了又干，干了又湿，终于，他找到了那个渔村。

　　我大伯在渔村的小街上走着，他看见庙前的广场搭起了棚架，很多人坐在棚架下吃着酒席。那少年看见我大伯，走来一把抓住他，少年扯着我大伯未干的衣角说，你不会是游泳过来的吧？我大伯笑了笑。少年又说，来得正好，你赶上了吃散海。少年大概已经喝了许多酒，我大伯问什么叫散海，少年爽利地说，船东今天摆酒席，谢神算钱走人，明年再相会。少年接着说，不过他明年不回来了，有一个大老板请他们上大船，他们要出大洋赚美金，因为"政府"把他们全村都买下了，要盖电厂，所以他们不能住这里了，他妹妹嫁人了。少年说，所以今年冬天他们不回矿场了。

　　我大伯直直看着少年，然后他呆呆地问，你有几个妹妹？少年说，当然只有一个，然后少年把他拉进棚架里，加入那一群欢乐的人潮，他的同伴里。

　　少年又灌了很多酒，他摇摇晃晃走着，拉了我大伯到海边，海边的一片缓坡上，稀疏的防风林等高伸展，中间错落着几间平房，居民们都聚集在小庙前的广场了，断断续续的小径上只有一些穿着工务服的人，拿着标杆，在丈量土地。我大伯发现，站在海边，很难真正辨清风是从哪个方向吹来的，这些海风在海面上，是令讨海人们困扰的强韧的东北季风，在岸边，它们把自己蜷曲成一团团粗圆的麻线球，没条没理地消失无踪。

　　少年说，那些在丈量土地的人就是来建电厂的，以后这整片地都不能住人了，连海岸都要封起来。我大伯说，那以后就不能游泳过来了。少年笑了笑，他说，要游泳还可以。少年指

了指另一端的海岸线，他说那一边也有人在买地，说要建一个
什么"海水浴场"。少年说，但是以后要捕鱼就真的没办法了，
不过没关系，你看到那个人吗？我大伯照着少年所指的方向望
去，他看见在一个被合抱的小小浅湾口，一个小小的人影正在
一艘舢板上撒网，少年说，再继续用那种渔网网鱼，很快地岸
边连小鱼苗都找不到了，所以少年说他只好出远洋去抓大鱼了。

　　我大伯默然不语，他还在想着那麻线球一样的海风，如同
以往一样，在他心中有一种逃离的冲动。良久，我大伯问少年，
那艘要出远洋的大船缺不缺人？少年说，大概缺吧，但是你得
先会游泳。我大伯说，我早就会了，你不信吗？我大伯突然冲
下缓坡，冲进海里，他在寒冷的海水中用极不标准的姿势扭动
手脚，很快就让自己浮了起来。少年在岸边看了哈哈大笑，他
也奔跑直下，在海水及腰的地方，一个翻身，沉进了海底。我
大伯明白了，这才叫游泳。

　　从这一天开始，我大伯加入了讨海人的行伍。在船上要学
的事很多，但我大伯发现，就像做所有的事一样，如果你不用
心讲究，事情突然变得简单很多。他们很少游泳，大部分的时
候，我大伯和一群水手挤在拥挤的船舱里，为了多占一点空间
而耗费心机。我大伯看着少年变成中年，然后他的额头刻着深
深的皱纹，这比看着自己逐渐老去还要恐怖。我大伯不太记得
是在哪个港口和少年分散的，只记得那好像是在回程的某个中
继港，我大伯正在检点一箱箱的电子表和洋烟，电子表可以在
回航的海面上，和别的渔船交换渔获，弥补一点渔获的短缺。

　　他们出航的周期已经一次比一次短了，因为船东终于想通了，在洋面上来个转口贸易，比真正放网捕鱼要赚得多。这时我大伯突然有些想家，然而，他不太确定自己想的是什么。少年已经不再年轻了，他喝了酒，摇摇晃晃地走进船舱，我大伯抬头看了他一会，他告诉少年说，我刚刚想起一件事。他问少年，你记得你妹妹吗？什么妹妹？我没有妹妹，我告诉你，少年脚步扶摇，可以感觉他快要吐了，这不是一个好预兆。少年说，我刚刚也发现一件事，没有人会在乎我们的。说着，少年又摇摇晃晃出了船舱。

　　我大伯想着少年的话，这话听起来很像是年轻人一时的感触。是啊，年轻人的话语里充满了一时的感触，当我大伯与其他船员的年纪相差愈来愈大时，他愈容易察觉这样的现象。今天他们高兴，明天他们难过，今天他们颓唐自卑，明天他们发愤振作。他们船长的年纪愈换愈小，脾气也愈来愈暴躁，现在这个新船长就时常对我大伯吼骂，在装卸货物时，他会吼着，老家伙，动作再不快一点，我就把你丢到海里去。我大伯把那些也当作是一时的感触。

　　最后一次回航时，我大伯那艘大船，在洋面上被几艘小舢板困住了，我大伯隔着窗户看，心想，又遇上了。年轻船长冲进船舱骂道，妈的，这些人来硬的，大家抄家伙。我大伯跟船长说，这不是办法，船长说那你有什么办法？我大伯走出船舱，跟舢板上那些人比手画脚谈判一番，接着就放下船梯，招呼他们上来搬东西，带头的那个人临走前，敬了我大伯一根烟，送了船长一箱快要烂掉的鱼，很亲热地和船长握手，一副有缘千里来相会的样子。

当他们终于又回到终点港口，我大伯匆匆发散完货物，正准备回船舱休息片刻时，他看见船长一手叉着腰，一手拿着我大伯的行李，船长告诉我大伯，不用再上船了。

于是我大伯就这样，默默地往我家走来，刚走在陆地上有些不习惯，就像很多年以前他不习惯游泳一样，但很快地，一切就没有差别了。柏油大马路沿着海岸修筑，我大伯一路走来，看到了两座巨大的电厂，还有很多座"海水浴场"，小渔港改建成中型渔港，我大伯想，果然已经没有人会在岸边捞鱼了。我大伯走到了我们村庄的入口，突然肚子痛了起来，他急急地离了大马路，他还记得附近应该有一个杂草丛生的墓园，可以就地解手。

墓园果然还在，没有改建成其他的东西，这令我大伯安慰不少。我大伯想起了他有一次喝醉的时候，他冲出家门，跌跌撞撞地冲进田里，在纵横交错的田垄上，他一脚就能跨过一个水塘，他像是一名巨人。对了，我大伯心想，我是一个巨人，我的血液冲突在我的指尖，我是长了翅膀的大鸟，黑夜来了，我是长了翅膀在黑夜高飞的大鸟，大鸟高飞，想要自隐而去，飞过田庄、被挖翻的山，还有一面大洋，看那九渊里的鱼儿，伏藏在深海底很爱惜自己。既以远离亮光而隐蛰，难道还要去和蚂蚁与蛭蚓为伍吗？一千年前的古人，用我大伯不能理解的文字这样写着。

　　呼呼呼。我的大伯看见自己飞了起来，或许他并没有飞得太远，因为他一回头，看见他的家人，不远不近地跟着他，黑暗中看不清楚他们的表情，是的，我大伯一定不明白，在很多神话中，回头，哪怕只是回头一瞥，都能成为一个致命的禁忌。我大伯的血脉飞腾，但这并不能使他走得更远，我大伯感受着突突作响的脉搏。这里是腕动脉。这里是咽喉。这里是心脏。这里是太阳穴。然后我大伯心想，我一定有病。

　　我大伯在这时回头，他没有看见就葬在他面前的我爷爷。我大伯这样想着，我一定有病，不然在我年轻时，我怎么会把我的家人都当作蚂蚁呢？我的爸爸是蚂，我的妈妈是蚁，我的弟弟是蛭，我是一条蚓，那些四季不分的气味，海边的潮湿的腥味，一线光明的地底的生煤的膻味，拥挤的拥挤的肉体，拥挤的拥挤的衣不蔽体的，那底下的柔软的削圆的，那肉体，在那山海之间那崎岖的侵蚀的汗渍摩肩擦踵浑浊麻痒浑浊麻痒的。那被汗浸湿的。

　　那梦境。在梦里总有一些事发生，醒来时大多会忘记，我大伯真的没有走太远，他数十年的离家在外，比较像是一种安慰自己的姿态，然而当我们模仿着他人，满心做着聊以自慰的事时，某些事也就这样经过了。现在，我大伯蹲在墓园的杂草间拉着肚子，当他起身拉起裤子时，他看见五十公尺外空空荡荡的海水浴场，想着这些过去的人，在黑夜来临时，也可以相约到海水浴场学泅水，死去的人用焦黑的冥纸，跟死去的售票员买入场券，然后把入场券交给旁边死去的管理员，然后他们就能在黑暗的温柔的海面上洗去尘埃。

有人在等待我吗？墓园的野鬼们，你们愿意与我为伍吗？因为我是连别人的记忆都进入不了的孤魂。

我大伯转头，看见那条小河在他的左近出海，在他面前弯弯曲曲环抱了一片河滩，这时他又有一个想法，我大伯觉得，这个出海口也像是他的村庄的一个巨大肛门，因为它随时有可能就这样，把一个完好无缺，或者精疲力竭的身体，给排了出去。我大伯就要回家了，这想法令他有些害怕，于是他静静地坐在海边，等到天黑，这才慢慢地站起身来。

——本文获二〇〇〇年"台湾省文学奖"短篇小说优选

离

　　一切都是慢慢准备好的，母亲照常在每个周日到镇上的市场，有一天，她带回了一个服饰店的塑胶袋，里面装了一套新衣。

　　一九九八年五月，二姊订婚的那一天，母亲叫醒我，我看见房间两面新挂上的窗帘，滤好了整室粉肝色的光，均匀浓稠得像可以切片一样。

　　母亲已经换好了衣服，枣绿色的裙装，不同的深浅勾勒着抽象的纹路，我想象她不知在何时醒来，下床，从墙上取下"豪美女饰"的袋子，换上，低身就着镜子，整理她被枕头压乱的发型。

　　那时候，我做了一个混乱的梦，这个梦和昨晚母亲说的事有关。母亲说，下了几天雨，让她们工厂厂房显得很潮湿。"机器在漏电。"母亲说，她几次看见青绿的电流蛇行通过地板，都以为是自己的错觉。

　　"果然。"母亲说，快下班的时候，意外就发生了。

　　我不知道母亲从多久以前，就开始在心中暗自担忧意外会降临。说到最后一句话时，母亲的左眉扬向一个特异的角度，脸上的五官像要四散一样撒开，然而那仅仅是一瞬间的事，很快，一切又恢复原状。

在当时，就是这个像一声短叹一样无义的歪斜表情，令我全身警觉。

发觉我良久地注视着她，母亲低头，下意识地捏摸自己的鼻头，因为必须经常戴口罩的关系，每年快入夏的时候，那里就会开始长出红色的汗疹。

我赶紧起来，看见母亲的手紧握着袖管，即使是今天，母亲仍选了一套长袖的衣服，在这种时节，要在街上那家服饰店挑出这套衣服，母亲必然花费了一番唇舌。

母亲的手微微上移，引领我注意到新衣胸口的一道褶痕，褶痕在左边，由接近衣领的位置，直直向下，落至腰际，工整得像是一条切割线，划在母亲的身躯上。

母亲涂了口红，在过去，我从未见过母亲化妆。

过道上，两筐搓好的汤圆放置在餐桌，旁边是一锅热粥。

我走到客厅，看见大姊交叠着手站在大门旁，望向门外，我站在背后，顺着大姊的视线，看见明亮的阳光把棚架的阴影收缩在柱角，棚架底下叠着塑胶椅与红色的圆桌面。总铺师父的大货车停在棚架外，他们正要升起炉火。

大姊没有看我，她向屋外微微努嘴，对我说："真可怕。"

我向大姊示意的方向看去，看见在棚架外不远的那棵榕树下，女人已经坐在树荫底。

"一大早她就坐在那里了。"大姊说，"一定是昨天晚上就在这里了，昨天工厂发薪水。"

我看看大姊，才发现她的衣服也是新的，鹅黄色仿旗袍式的洋装，丝袜，两脚踩在拖鞋上。

"你站在这里多久了？"我问大姊。

大姊没有回答，她还是盯着女人，不久，女人挪了挪位置，渐渐转头看向这里，我看见她脸上浓厚的脂粉，不知真的因为隔夜而消褪了，或者纯粹只是距离使然，晕着一种粉白的光泽，却又难以说清是什么颜色。

还来不及看清，大姊紧张地把我拉进屋内。"快走，她要过来了。"她在客厅的椅子上坐下，呼了一口长气说："真可怕，我在这里看了她半天，她还不走。"

我又走到大门口，看见大伯走出他的屋子，缓缓踱向树荫底。

再回到房间时，母亲已经把通铺整理好，正用一块布擦拭着草席，这里准备作新娘休息的地方。母亲要我也换一套衣服。

"穿颜色亮一点的。"母亲说，就提着水桶走出房间，我掩上房门，在房间里坐了一会，房间整洁得像是容器一样，让人不知不觉就抬眼看着天花板。

直到听见了人声，我才站起，打开衣橱，母亲把被褥都塞进衣橱里，上层挂着的衣服就全堆叠在被褥上，我们日常所使用的衣物，现在全堆积在一起。

邻居们挤进客厅时，我才明白母亲是多么用心地想要空出地方来，椅子靠着墙，一张茶几挨着大家的膝盖，余留在客厅里的都成了不可免的摆饰品。然而家具们愈要让位，就愈显得空间狭小，外面的人和里面的人对看，互相觉得失礼了，两班同样的人在进进出出。

母亲拿了一盒花，分给大家簪在头上，我接过，布料裁成的红色花瓣，简单地别在发夹上，阿婆坚持她不要粉红的，就近与我交换。

"啊，谁给你呷烟？"婶婶抢过奶奶手中的烟，踩熄了，丢在垃圾筒里。

"伊呷烟手会抖。"婶婶说。阿婆对我们使眼色，烟是她给的。

"我现在来看一下就好，"奶奶说，"等一下请客时我就不来了。"

"为什么？"

"人家会说我拄着拐杖还来，这么贪吃。"

"你怎么这么讲？"婶婶说。

"就是嘛。"阿婆说，"今天是你孙女订婚，不请你要请谁？"

"伊以前讲话就是这样了。"婶婶说。

婶婶说的以前，应该是指比三年前更久的从前。三年前，奶奶中风以后，仿佛又以一种独断的方式，重新生长了一次，这次的生长，迁就肉体原先的记忆，当奶奶拄着拐杖行走时，我感觉，奶奶的神情除了每一步向前迈进外，还像是要小心翼翼的，把一团巨大的痛苦，给让渡到后面。

奶奶颤巍巍地伸出右手，抓抓鼻翼，那里有细小的汗珠点点渗出，奶奶抓出了一条汗痕，两只小小的飞虫在奶奶额上追逐。

婶婶从口袋掏出面纸，为奶奶清理眼屎。

"新娘子呢？"奶奶问。

"不是跟你说了吗？"婶婶说，"阿惠出去梳妆，等一下才回来。"

我看向屋外，一张桌子立起了，母亲正为早到的宾客分盛汤圆。"果然，"母亲说，"事情就发生了，那个惠华一摸机器，就被电到，叫了一声好大声……"

"你为什么穿裤子？"大姊拍我的腿问。

"不行吗？"我说。

"伊整条手臂都焦了，左手那个表还整个蹦开，像吐火那样放青光。"

"那是电在找出口，好在有那块手表，若无，电流到心脏，那个惠华就差不多了。"叔叔说。

总铺师父一脚跨进门槛，抬眼看见满墙贴着的人影，突然止住了步伐，他说："歹谢[1]，借一个电话。"

"请用，请用。"谁都以为自己有义务回答，同时缩了缩脚，能站起的就贸然站了起来。

"阿秀，"阿婆问，"等一下要不要去叫伊大伯？"

---

1. 歹谢：不好意思、对不起、抱歉。

"当然要。谁要吃汤圆的？"母亲回答。

"谁要去叫？"

"先到伊房间的窗户外面听听看里面再叫。"

"唉，看看那女人有没有在树下就知道了嘛。"

"歹谢。打不通。"

"不会那么久。到时吃饭，伊就自己来了。"

"你怎么知道？"一屋子的笑声。

"啊，新娘子回来了。"阿婆说。

外公约莫在总铺师父把棚架底下的九张桌子都立起，正铺上塑胶纸时抵达，他的机车发出刺耳的声响，我和大姊相视而笑。

外公走进屋内，问："你妈妈呢？"

"在房间。"大姊说，"看阿惠。"

"阿敏，让你妹妹抢先了。"外公笑着说，"什么时候轮到你？"

"我……？"大姊说，"要等阿公介绍啊。"

"阿公，要不要照相？"我拿了照相机，把外公拉到屋外。从棚架外的这一角，透过树荫，能看见梯田逐次下沉，一条小路蜿蜒上来，远方最低的地方，工厂白色的厂房矗立在田亩中央。更远方，山脊线被刨开一片。

"旧年[1]我去澳洲也照了很多相。"外公问，"你们有没有

---

1. 旧年：去年。

看过？"

"有啊。"我们说。

大约也是三年前，外公的家里遭小偷，小偷偷走了外公存起来预备买机车的四万多元，外公自矿区退休后，在墓园担任看守的工作。外婆也葬在那里。

钱被偷了后，外公很快地以分期付款的方式，买了现在这辆机车，并开始参加老人会所办的团体旅游，前年去了大陆，去年则去了澳洲。

外公照回了很多照片，这些照片自冲洗店领回后，就直接放在冲洗店所送的相本里，连同一本旧日历，小舅的后备军人召集令，和几封村民集会的通知信，一起被放在电视机上。

有一张，外公与另一名老人会的朋友，穿着一样的薄夹克，表情严肃地站在也许是雪梨[1]的一家大购物中心前面，十月的南半球夜空下，巨大的霓虹灯管在他们背后连起一片泛光，本地人已穿起短衣短袖。谈论时，外公把那里记成了广州。

"啊，新郎官来了。"小路上走上来了一群人，外公说，"有准备鞭炮吧？"

订婚仪式由外公主持，大家都挤在门口观看，在外公点燃祭祖的香时，我从后门走到浴室，发现狗瑟缩着身体躲在里面，我把它抱出来。

抱着狗回到大门口时，大家还挤在那里，一个小女孩走来，

---

1. 雪梨：即悉尼。

问我狗怎么了。

"它很胆小。"我说。

女孩穿着小巧的洋装，绕着棚子的支架转圈，不时没入刺眼的阳光里。

"你不要摇那个柱子。"我说。

"为什么？"小女孩问。

我指着棚架说："它可能会倒下来。"

"才不会。"小女孩说。

鼓掌声响起，众人慢慢退出门口，几个人合力把客厅的桌椅搬出，客厅要摆设第十张桌子，宴席就要开始了。我刚入席，二妗看着我头上的方向说："你小舅来了。"

"每次都迟到。"表哥说。

"真的全家都来了。等一下我们大家都不要起来，看看他要坐哪里？"二妗笑着说。

大姊走来，拍拍我的肩膀，要我出去帮忙，我起身离开棚架，看见小舅、小妗与两个表弟正走来。

"明涂仔，来这边坐。"外公在我身后喊。

大姊带我到储放喜饼的房间，要我帮忙把喜饼一盒一盒先装进提袋里。

"我怕等一下会来不及。"大姊说。

"你不饿吗？"我问大姊。大姊瞪了我一眼，没说什么。

喜饼一纸箱共有八盒，纸箱几乎堆到房间的天花板，昨天运喜饼的货车来时，母亲怕他们找不到路，特地到外面的大马路去等。晚饭后，我们把喜饼一箱一箱从客厅搬进这个房间，也就是在这时，母亲想起什么似的，对我们说起工厂的意外。

搬喜饼时，我又抱怨一次："这个房间又没有人睡，为什么要摆一张这么大的床占地方？"

"有房间的地方就要有床位。"母亲只简短地回答。

找不到小刀，我从书桌抓起一串钥匙，用钥匙割开箱子上的胶带。

装完喜饼，满头大汗地走出房间，客厅里却不见母亲的踪影。二姊坐在桌前对我微笑。

我有一种不好的预感，于是尽量压抑自己烦躁的心情，慢慢靠近那个有着通铺的房间，我可以听见宴席上的人声，在目光的极限，声音都平息在那里。

门虚掩着，我推门进去，母亲果然在房间里，坐在通铺上，翻弄着首饰盒。

"你在这里做什么？"我听出自己声音里的紧张。

母亲没有抬头看我，她说："跟阿惠借一条项链来戴，这套衣服还是太素了。这条好不好？"

我凑近去看，母亲的脸泛着潮红，隐隐有些酒味。

首饰盒装的是亲朋送给二姊订婚的贺礼，全是金饰，项链或者戒指，一个个分别装在银楼的红缎面小盒子里，里面附着一张纸说明它的分量。仔细一看，几乎全部出自同一家银楼，在小镇街上，离服装店不远。

母亲选了一条雾面的项链，坠子是三片叶子的形状，上面缀着三颗宝石。

"你现在突然戴这条出去，大家会觉得很奇怪。"

"没关系。"母亲戴上项链说，"不打扮精神一点会失礼的。"

母亲调整坠子的位置，顺手又按按衣服的褶痕，突然抬头问我："你觉得阿惠嫁那个人好吗？"

"拜托。"我没好气地说，"现在还在想这个。"

"那个人也赚无多少钱，不会开车，也没有房子，这样阿惠会很辛苦。"

"人伊自己喜欢就好了。阿惠又不是不会赚钱。"

"话也不是这样讲。"母亲说，"我是想说……"

母亲低头摸着项链，陷入了良久的沉默。

母亲轻轻地说："我是想说，这样对阿惠太委屈了，本来是说要翻厝[1]，或是加盖二楼也可以，我们的房子也实在太窄了，这样实在真失礼……"

"不要这样说。"我打断母亲，一面努力抑制从肺底不断涌出，像要腐蚀胸腔的酸觉，一团气体在那里腾涨，我尝试把目光放向别的地方，发现这个房间还是被刻意保留的空间给充填得毫无缝隙。

没有出口。我发现自己没有办法离开，不只是因为对这个房间的依赖感，母亲，这个通铺与这间房间，组成了一股熟悉的沉默，牢牢地拖曳着我。

有时沉默是清晰而有边界的，使人能在日后，巧妙地以言

---

1. 翻厝：房屋整修重建。

语在它外面筑起城墙，于是回想起往事，任谁都聒噪起来。

　　母亲会说，从前三妹像长不大一样，已上了小学，每天早上都还要躺着喝完一瓶牛奶，从前二妹不喜欢洗澡，到了傍晚就爬到树上躲起来，从前大姊最爱漂亮，长辈们都夸赞，没见过乡下小孩这么秀气的。

　　所有的往事都诡计般地只落在一个特定的人身上，彼此不互相妨碍与它同时并行的各种事物。只是，那些城墙内的事物，我们可以不要去提它。

　　但有时沉默就像是一个房间里的空气，没有办法去探摸，一关上房门，它就好像从门缝底偷偷流出。

　　父亲过世时，母亲究竟从何时开始沉默？沉默了多久？这件事变成了我童年记忆里的空缺，似乎没有任何人，能帮助我重新拾回这段往事。母亲与那段失忆般的沉默，一同被牢牢关在这个有着通铺的房间，那时候大姊在哪里？二姊在哪里？还有宴席上的这些人在哪里？

　　所有人一定继续着他们手中的事，这应该是最简单的推理。学校开学了，姊姊们要回到学校里去，书包里装满新发的课本，有些折页得自己用小刀裁开。

　　那时，母亲盘腿一动也不动地坐在通铺上，背靠着墙，整间房间被空出来。

　　我吃力地端了一盆水，爬上通铺去，绞了毛巾，想为母亲擦汗。起初只是沿着母亲的额头与两鬓轻抹，突然之间我察觉，母亲的眉毛稀了，眼睛闭了，嘴唇抿了，头发轻轻一拉就脱落一绺，整个人仿佛模糊起来。

我感到惶恐，把毛巾捏了一个角，沾水，为母亲描起脸。眉毛，眼皮，鼻翼，嘴唇，耳廓，但它们都歪斜了，仿佛正一分一分不断脱落，我害怕极了，以毛巾拍打母亲的脸，想要叫醒她。

"妈妈你看你的鼻子好像快要掉了。"我童稚的话语也被掩在房门后面。那里，水从母亲的脖子向下流，流过母亲的身躯，在通铺重新显现时，仿佛有了颜色。

大姊说，小妹你要注意，不要再让妈妈拿到这种小刀了。

大姊这样说过吗？

我想去拉母亲的手，阿婆闪了进来，她说："阿秀，上全鸡了，新郎那边差不多该走了。"

"我去放鞭炮。"我说。

"阿秀。"阿婆说，"等一下送菜尾[1]，老姑那边要多分一点，伊无来坐桌。"阿婆掩低了声音："伊讲伊连你的汤圆也未吃半粒。"

我走到客厅，新郎已经起身，按礼俗，男方必须在宴席结束前悄悄离开。我走出棚架，听见小妗大叫："郭明涂，管好你儿子好不好。"

我走到榕树旁的竹丛，将一串连珠炮挂在竹枝上，引线在半空中摇曳，我握着打火机的手也跟着颤抖起来，男方的亲友

---

1. 菜尾：一般宴席中吃剩的菜肴。

们已经走出道路转角。

树荫底下忽然窜出一个人，激得枯叶簌簌直响，是那个女人，双手掩耳跑开几步，站定后回身，女人对着我笑。

我看向棚架底未散去的人群，之中有我的外公，我的奶奶，婶婶，叔叔，舅舅，阿妗，伯父，我的大姊……他们全都掩耳看向这里，想要抢奶奶拐杖的两位表弟，也停止了动作。

他们全都在等待。

我的家，我想，我真是什么都记不清了，父亲在意外中丧生后，我对他仅存的印象，只剩下童年时每天早上，我躺在通铺时所听到，机车发动的声音。

有些早晨寒冷，有些早晨闷热，记得的一切黏附在这个四方豆腐一样的水泥房子，房子与工厂共同怪异地立在田地上，像是一个要过渡到哪里去的遗迹，只是暂时被保留下来。

我们生活在这里，光是要维持它现在的样子，就已经精疲力竭。

鞭炮还不停地晃动，我仰头望向枝丫，阳光很快照花我的眼，我低头时，有一片血红的色泽从我的视线剥落，那姿态如此自然，不过就像是一片花瓣，离了枝头。

骦虞

像望见从远方洋面驶近的船，首先露出船桅一样，远远地，他先看见那娘妈用黑缎缚着的一束发，从地平线上冒了出来，接着，是她木然的一张脸，接着，是她吊着流苏的披肩，接着，是她深蓝色的短裙围，接着，两条厚黑的长裤筒，最后，一双白布鞋踩了上来——他想着，地球是圆的——他看见娘妈走进空地里，将手提的一口铁箱子沉沉掷在地上，娘妈掀开铁箱盖，抽出四根铁柱，一大匹布，又快手快脚拆了箱，组了柱，挂上布，片刻，一座等人高的楼亭原地长了出来，立在空地上，他的眼前。在他老爹出殡前一夜，许多素未谋面的陌生人，与他共聚一堂。

天很快就暗了，他的视线平平望去，望见四面透风的楼亭里，一根白蜡烛烧着，帝钟、奉旨、龙角、乌锣、木鱼等五样法器，圈着火光，不知给照得更清晰，还是显得更森沉。他沿着楼亭绕了一圈，指认楼亭方四面匾——接引西方，阴阳相会，迎归乐国，孝思堂。他转过身去，背后一个人也没有。

一位红巾法师走近烛光，探出手，取了龙角，对口吹响，一位白衣小旦抄起木鱼，笃笃敲击，一位乐师调着三弦，应起和起，他搬了一张椅子，坐在乐师身边看着。

在他老爹出殡前一夜，他给了他老爹一场好戏，这场戏里，他老爹是主角，虽然，在场的人，没有人看得见他老爹。他冷笑着，看着一位青衣尪姨低伏身子，倒退着，接续烧着买路钱，这逆着转着的姿态，让鬼门开启，娘妈带出了他老爹，他想象他老爹皱着眉，飘飘荡荡，不明白自己何以身处在这阵仗中。

没有人了解他老爹，就连他也不理解。不知道为什么，他在这时想起了一件琐事，他回忆起许久以前，他还是个小孩，他蹲在小路中途，看着小路两旁，夜市摊贩搭起各自的棚子，聚集成阵，包围了他。那卖小动物的老头儿，一张白桦树皮似的脸，微微透着点粉粉红红。小孩发现，老头儿老坐在同一张小板凳上，读同一本破书，几架铁笼子呈凹字形将他嵌在中央，铁笼里，永远关着小仓鼠、小天竺鼠、小黄金鼠、小鸭团仔和小鸡团仔，铁笼外摆着一个大铝盆，里面永远游着小乌龟。小孩蹲在大铝盆前老半天，看着小乌龟若有所思，一伸一缩慢慢游着。他总不见有人来买，就问老头儿，卖不掉，这些小动物都跟您回家吗？——他想知道的是，如果这些小动物们都长大了，老头儿会怎么做？——老头儿依旧看着书，对小孩说，是啊，咱家里还有一头东北虎，这头虎被条西林巨蟒吞在腹内，这条蟒又被尾南海大鳄咬在肚里，这三只动物不出家门，是镇家之宝，非卖品。

　　小孩不听那粉白老头儿胡诌，他一心只是想买只小乌龟，他转过身去拉他老爹衣角，央求他老爹。

　　那时的他老爹，半身探进昏黄的光圈里，看了看大铝盆，皱了皱眉，说，那是活物啊，怎能买来给你当玩具耍？小孩说，咱要那小乌龟不是要当玩具耍，咱要养大它，照应它，让它长成大龟公。老爹当头敲了小孩一手刀，说，你就这么不长进，你要养，也好养鸡仔鸭仔，养只乌龟干什么？小孩问，养鸡仔鸭仔做什么？老爹说，养大了，好卖钱，或逢年过节可自己杀来吃啊。小孩发愣了，生气了，他指着老爹喊，老爹您，您，您，您表里不一口是心非虚诈不实，您说活物不能当玩具耍，怎么却要把它杀来吃？老爹性子烈，他不爱求人，更不欢喜人求他，他爱教训小孩，但可不容小孩回嘴，他立地打了套伏魔拳，拳拳招呼在小孩身上，小孩负隅顽抗，整夜市的人都聚过来围成圈圈了，小孩想，万不能当众讨饶认输，他瞎嚷乱叫，他骂他老爹，伪君子，真小人，大坏蛋，曹阿瞒，您您您，无缘无故您还谋杀了一条蛇。

　　老爹打完一套拳，收了势，皱眉问小孩，老子什么时候谋杀了一条蛇？

　　哼哼，小孩也是倔驴一头，鼻子喷了几口气，偏不说，扭头就走。

　　小孩回忆起来了，就上次酬神做大戏那天，他老爹带他来这庙口看戏，到了七点十五分，该上戏时，庙祝跑出来，说，戏团消失了，没了，请不到了，本日改放电影。白幕就从戏台上降下来了，光就从后面打上去了，电影片名叫新十二生肖。小孩这是生平第一次看电影，自然没看过从前那旧十二生肖，可他觉得，这新十二生肖，新得真难看，光影平平闪闪，一点也不热闹，他不想看了，就扯扯他老爹的衣角，可他发现他老爹居然看得目瞪口呆，下巴都垂下来了。他忍耐了老半天，不小心睡着了，待他醒过来，他发现他伏在他老爹的背上，老爹正背着他走回家。他知道，他老爹是不会把熟睡中的他吵醒，让他自个儿下地走路的，老爹总怕他有些小魂小魄还睡着，没跟上，日后会变得更痴愚。他知道，所以他继续装睡，他乐意让他老爹背着。

晚上的空气没有凉风吹送，但无处不凉，他偏着头，眯眼看星星，他觉得星光很奇妙，天那样高那样远，但只要他打开一条眼缝，星光就那么轻轻巧巧透了进来，在他老爹的背上，他呆想着，那些爹娘俱在的人，肯定比自己幸福两倍，他正这么呆想着，他们就遇到了那条蛇。

那是条大锦蟒，它蜷着身子，大模大样盘在山路上，几乎占住了整条路。老爹停下脚步，掂量着，似乎想从旁边侧身溜过，但他很快放弃了这个打算。他一弓身，悄悄把小孩往脖子上挂稳了，顺手从路边草丛里，抽了截断竹竿，走近那锦蟒，不断撩拨它，令它把头从盘曲的身子圈里露出来，待那蛇发火了，向他直直咬来，老爹这才侧身一让，诱敌深入，卸敌之势，跟着，老爹打个旋，那截竹竿飞手而出，一下就把那蛇头钉烂在泥土地里。蛇头死了，可蛇身还活灵活现，顺着竹竿倒盘，一圈一圈紧扎而上，老爹不等它缠老，举起竹竿，用力一甩，那头蛇腾空飞出，摔进了山沟里。

老爹一语不发，远远望着，半晌，他把那截断竹竿随手扔了，回头探看，小孩赶紧闭上眼睛。老爹见他未醒，背着他，继续上路了。

小孩闻到了，他闻到那断竹竿把蛇头捣烂时，空气中所爆出的腥膻味道，那是在山林野莽间攀爬经年的活物，才能释放出来的强烈气味。他当时真为他老爹担心，既担心，他又着实有点害怕他老爹，因为他看见他老爹就这么一语不发，立时取了条性命。

负着气，独自走在回家的山路上，他又闻到了那味道，只是，他既不为他老爹担忧，也不害怕他了。他一心一意埋怨起他老爹，他想，老爹您好样的，您这么好本事，给咱弄只小乌龟您都不肯，您这么好本事，也不在人前显露显露，让咱威风威风，您要教训咱，也不换套新步数，次次就是那套虚虚的伏魔拳，咱人还没长大，已经招架得差不多了，您说活物不能当玩具要，您自己怎么就这么漂亮地干掉一条大蛇？您这么侧身一让，您不想，您背上背着咱啊，那蛇要是利落一点，回身反扑，咬了咱，怎么办？他看见他老爹在后面，远远跟着他，但他决心不理他，他决心要好好折磨他老爹，他想，好好好，长大以后咱就学那粉白老头儿，在家里办成动物园，把您也给关进笼，笼外就插面铁牌，写——园主人之老爹。

星光再也不奇妙了，它们仿佛远远张着眼，见证了一切，却冷冷地不发半点声息，他想找一些字眼来形容自己的感受，片刻，他找到了目前唯一能找到的字，他想，他恨他老爹。

——他恨他老爹——在他老爹出殡前一夜，他想着，为什么？

他老爹，是唯一长久在他身旁的活物，他看着他本事偌大地干遍各种职业——厨子，武师，道士，泥水匠，算命仙，教戏先生……也看着他脾气更大地辞遍各行各业。他长大了，他确定，他老爹一面看顾他，一面却也偷偷防卫着他，平时，除了教训他所打的那一百零一套无用的伏魔拳外，他老爹只让他读书，学写字，其余的本事一点也不教给他，总怕不小心露了点什么，让他偷学了去。

他不明白他老爹在怕什么？往往，他与他老爹会置身在一个完全陌生的地方，许是为了找工作，许是为了找个去处躲避什么，他老爹总不肯向人问路，最后，他们总是迷路，肚子饿得受不了时，他老爹就带着他，往最近的面摊上一坐，各吃各的面。从前，他想，迷路了又怎样，只要他老爹在身旁，世界依旧自转着，他就感觉一切都很好，后来，他抬头，有能力看得更远了，穿过面摊上氤氲的蒸气，他看出问题了，问题就在，他们早已经弄失了目的地，而世界依旧自转个不停。

直到有一天，他老爹唤他过去，对他说，爹不行了，有句遗言要交代，你老爹荒穷一生，只悟出一个真理，你记下，这真理就是，一个人……他就是个……一个人……他就是个……一个人……他就是个……

他老爹尽力了，只是他荒穷一生，什么也没做完，连一句最后的遗言也说不完。

他冷笑着，想象他老爹站在娘妈身后，由她引着走出，死去活来，一脸茫然。

四周突然聒噪了起来，红巾法师大声喝开大关小关，过草埔路，过赤土路，过黑土路……过扬州江，过花柳池，过龙环井……在六角亭稍停歇时，他着意说全了五代英雄的事迹，说六年修行苦苓林的佛祖，说百子千孙得天下的文王，说八百二十在人间的彭祖，说过了五关斩六将的关公，说黄金围墙玉造门的石崇，他记得自己一个字也没说错，但那唯一的观众听了之后，居然缩在椅子上，几乎憋不住笑了。红巾法师开始觉得，自己正从事一门人间最艰难的职业，因为法事启动了，看不见的主角引出了，无论他自己觉得如何不舒服，他也不敢就此停下，放弃了。

时间错乱了，或者，错乱的不是时间，当他缩在椅子上，听到石崇、关公、彭祖、文王与佛祖等人，一视同仁被并列在一起时，他仿佛听到有生以来最好笑的事——他想问他老爹，老爹，好不好笑？——他想，老爹，您只让咱读书，莫不是想让咱察觉这许多可笑的事？他觉得惨然，透过四面透风的楼亭，看向看不见的远方，那里藏着一个习惯用文字装饰门面的世界，这个世界里有太多的死亡与挫败，于是，发达了，倒错了，丧葬成了一门热闹的娱乐，活人在里面回忆各种人的片段作为，说全了，也说不全。

逆着转着，逆着转着，逆着转着，回忆倒着启动了。他看见空地上，一座楼亭长了出来，他老爹颓然走进屋子里，他老爹吞着一碗面，他老爹教戏，他老爹算命，他老爹诵经，他老爹在山路上杀了一头蛇，他老爹的下巴垂下来了，白幕也从戏台上降下来了。人说，戏没了，整夜市的人都聚过来观赏了，他老爹虚虚的伏魔拳拳拳招呼在他身上，以及，最初的时候，他在想，他一直想知道的是——如果小动物们都长大了，老头儿会怎么做？莫不是丢了它们，杀了它们吧？

他感到惊讶，时间过得真快，彼时单纯的疑问没有得到答案，而他已经长大了，不会再问自己这种问题。当时，他一心想要救起一只小乌龟，带回家，看顾它，却无法向他老爹好好说明。现在，他老爹死了，遗体躺在棺材里，棺材停在屋子里，老爹的瞳孔放大了，人中收缩了，血水开始渗出，在棺材外，厅堂外，他布置了一场热闹的好戏给他老爹。他感觉，有一个人绕过时空，发着愣，看着他，他看见，他老爹被引到六角亭，法事正进行到中场，他看见，一个小孩，蹲在小路中途，看着他，他脸上的冷笑启动了，停不下来，视线朦胧了，一视同仁，最简单的事忘得最快，他知道得愈多，他感觉自己愈是什么都不明白。

当地球以逆时钟方向不断转着，时间也在钟面上以顺时钟方向不断过去了，没有什么和什么彼此交错而过，只知道，各种声音恒常爆着，响着，抵触着——远方，一位德国哲学家喊道，一个人吃什么食物，他就是个什么人。他的世仇，一位法国文学家立即回应，一个人吐什么胃酸，他才是个什么人。至于人是否就像容器一样？渐渐地，成了一个不值得讨论的问题。

逆着转着，逆着转着，逆着转着，人总是热闹地寻找着娱乐。人说，因为这个世界嘛，花少并蒂双开，人罕福寿齐来，一天生不下两神仙，神仙要降世，都得一位一位错开日子，免得下来时，不小心踩了谁的头。从前从前，小路起头的这座大庙，奉祀的神灵多，好日子也就多——农历正月十五天官尧帝仁诞，二月十五开方圣王圣诞，二月二十九观音菩萨慈诞，四月初五妈祖娘娘明诞，四月初八释迦佛祖闻诞，四月十四吕府先师仙诞，六月二十四关圣帝君美诞，六月二十八重威王爷威诞，七月十五地官舜帝孝诞，九月初九哪吒太子莲诞，九月二十八五显大帝显诞，十月十五水官禹帝洪诞……逢好日子，或者迎神，或者做戏，或者请阵头，总得热闹热闹，不好装作当天神灵没出娘胎过，如此一来，大庙前庭就一年到头闹个没完了。

没完是没完，但是还不够，凡人事琐健忘，心神易散，怕当时热得不投入，闹得有遗漏，冒犯了众神灵。因此，每十二年的三月二十三到四月初九，还要统一做一次大醮，遍请朝野上下，名录内外的诸神灵，同享祭祀，恳请祂们，多所海涵，着毋庸怪。

没有什么错乱，时间也一点没错，十二年一度的大醮准时来到。早几日，便有几十名老汉，头披盖了庙印的黄巾，出了大庙口，挨家挨户走。领头的一人，张转花大伞，殿后的两人，敲开手锣与腰鼓。老汉们烟也不抽了，牙也不磕了，棋，当然也不下了，只交相传递一柄大铜壶。接过铜壶的人，脖子向后一仰，咕噜咕噜灌进一大口冷茶水，嚼嚼碎茶叶，顺带用衣袖抹把汗，其余众老汉，喝开粗哑的嗓门大声喊——做大醮啊，做大醮啊，乡亲捐献做大醮啊。

人来应了门，自报家有几丁几口，交钱交银若干，众老汉唱祷不迭，齐声道谢，人们就开始期待了，不知本轮做大醮，有什么好戏瞧？年轻的想，是不是，还有那美女耳垂珰，俊男粉面白，台上携手诉衷怀，长绳难系日，单系一竹篮，您在篮里放什么，他俩就即席赋什么，比什么，兴什么，数落得那什么好臊人？老婆子问，会不会，那丽兴班的胜珈陵还会班师再来？十二年前，她唱一句——无事令你退两边——拇指食指就这么顺势一勾，向台下驶个目箭，咱那大姨妈当场定在地上，厥了过去。不好不好，老头儿喊，要咱说，扮戏就数萧空仔那团扮得最好，生迈七星步，旦踏月眉弯，丑儿喊声——拜请神明——一跤打滑就地凌空翻出筋斗七八个不只，那才是行当本色真功夫。

想着问着喊着，众老汉早已张着大伞，敲锣打鼓走远了。兀那大汉，新近搬来，单丁无口，头角愣愣，刚刚心不甘情不愿缴了几个钱，颇疑心自己被抢了，听得隔壁老婆子老头儿议论，郁郁踱了过来，闷闷地问，做什么大醮？谁没瞧过戏？

老头儿肃然，打量问话的这大汉，深觉这大汉器小易盈没见识。他说，同您，咱不说那戏，咱就光说那戏台，咱真想把咱的头和肩膀比作大庙,两手这么比画给您看,您看不,这儿,正当着大庙门口,搭起一座大戏台,戏台上方一溜斜檐,檐下挂日头似的挂着一排红宫灯,舞台后连着牌楼,高出斜檐足有三层楼。这三层楼塔,一层峻过一层,绿瓦镶黄边的梯形屋顶,整整致致镇在白墙红柱上,第一层楼开三门两八角窗,第二层楼一门两八角窗,第三层楼无门无窗——那是仙府玉洞,众神灵扬帘飞出——每层楼屋顶插三角旗,居顶中的红旗镶白边,挥顶尾的黄旗镶绿边。

空地上,串串红灯笼由左至右,高高牵过,恍如星河在望;空地两侧,接龙似的各排三排长桌,从舞台前接到了大庙口;每张桌子都盖着红绸布,红绸桌面上铺天盖地数千大海碗,九牲祭礼韩信点兵,大碗肉,大碗菜,大碗酒。您若要看地支一轮下来谁富了,您就要到那十二年一度的大醮上张望;您若要看地支一轮穷了谁,您更要往大醮上比一比。轻暖裘,百结衣,天公养人际遇殊,倘若有个乞丐死缠着您,指着人丛簇拥的那大财主,叨叨对您抱怨说,十二年前,就这地头,咱借过他几元几钱,如今他竟装作没这回事,远远地不敢瞧咱。您别笑,他说的是实话,人穷了,记忆力就发达了嘛。

大汉于是到了那大醮上张望,想方设法才摆脱了那乞丐。他走到舞台边。转个小半圈,绕过一座三尖香炉牌,发现自己立时到了那三层楼高的牌楼后面。他定定神,仔细一瞧,他看见,什么斜檐飞日,什么仙府玉洞,什么星河在望,什么酒肉红绸,什么红的男,什么绿的女,什么富的是你,什么贫的是他，这会儿全瞧不见了。他就瞧见，几片粗粗厚厚的大木板，钉成一面三层楼高的大木墙，墙上那锚钉，就这么一根一根锈锈生生冒出半个头，撑住那大木墙的铁条，有的横，有的直，有的斜，支支条条深深浅浅全插进地皮里了。

他还看见，一片片大木板上，都用白漆注着号码，这是每片大木板，在这面大木墙上的坐标码。他知道了，他这是在一座三层楼高，即拆即装的牌楼背面。是啊，他刚刚一岔神，看牌楼背面不是牌楼背面，现在他回过神，看牌楼背面又是牌楼背面了。他想，什么东西都得有个背面，背面就难免这么一个凄凄楚楚的德性。

见鬼了真是，大汉想，他被抢了钱，什么热闹的好戏也没瞧见，倒先看到了这么个凄凄楚楚的背面，他郁郁走远，闷闷想着，搬家吧，再搬家吧，这地方神灵鬼怪太多，住不了人。

那大汉是早到了，此时离戌时一刻开演时间尚早，舞台空旷，热闹的是戏后台。一个人，走到舞台边，转个小半圈，绕过一座三尖香炉牌，跶过那三层楼高的牌楼后面，再转个小半圈，从那小后门，进了戏后台张望。他看见戏后台一面墙上，从顶到底贴了老大一张黄表，那是各团的登场次序表，每十二年一度的大醮，从三月二十三到四月初九，除了最末一天，四月初九，得肃敬斋戒请诸王，禁演戏外，其他几天，各团要上台比技艺，占场面，都得看这张黄表，这表，可是大家掷筊商量出来的。看完这表，他再看看表下这世面，他看，可不是，预备要登台的，港南的绣琴声，山后的锦中花，打虎的紫云雀，抓豹的剑鸣承光……陆陆续续聚齐了，南声北调，腔口各异，师承不一，有时要深聊几句都很难，但是他听，偌大的戏后台，人聚了一丛一丛，有的就地蹲着，有的并桌围着，吵吵嚷嚷，像是在开会。

他犯疑了，他挨近点，看看这是在干吗，原来，这是在聚赌了。可不是，平常日子尚且不无小赌一番，遇到这种大节庆，五湖四海三江会，怎么忍得住手痒心更痒？所谓赌徒无国界，赌场是故乡，就是这个意思。他且看看蹲在他跟前的这位仁兄，斜披着件绿袍，涂抹着半张红脸，这不正是关老爷吗？他想，这位仁兄是心存敬畏的，闯江湖嘛，本事即性命，如果全副行头穿上身，定好装，他就不敢这么蹲着丢骰子了，所以，他的绿袍只披右肩，红脸只涂右半张，望关老爷他老人家勿怪，并且助他一臂神力，一臂就好。

他想，其实，关老爷他本尊老人家生前，未必就不曾这样蹲着，和众将士们嚷着赌着，只是，没人这样记载过。他读过罗贯中先生的《三国演义》，有时不免觉得纳闷，根据《三国演义》，关老爷他本尊老人家，一生中最威风的阵仗，就是千里走单骑，为大哥救出大小两奶奶，其余的，在千军万马中，他就看他老人家，像颗棋子一样被孔明先生驶来弄去，难得看他自个儿打个漂亮的胜仗。他想，关老爷他本尊老人家的故事，就是在教训咱们，输赢不是咱们活着的重点——可是他跟前这位半关老爷仁兄，看他掷骰子那力道，那可真是狠啊，他再看看他四周，都是谁在赌，那位，不是吕蒙正吗？他也不打七响和畅乐姊相褒了，他就抓着看羊金姑的手，聚精会神地看着大碗公里转个不停的骰子，那位乾隆皇，看样子不游山东了，那位詹典嫂见了他，也不告御状了，那位山伯，那位织女，那位英台，那位牛郎，各自遥遥相隔，目不对望眉无情。

满棚子的人，满棚子欢乐的笑声。

他从原来那小后门走出戏后台，自顾自向前走。良久，发觉自己置身在一片空旷的草地上，草地上夜露凝重，有些地方早结了水洼子，他偶一抬头，看见满天亮晶晶的星星，月明，星就稀，月色昏蚀了，星星就大亮了。这景象原没什么了不起，他摇摇头，只想着，可惜了，这十二年一度的大醮期间，夜晚，总也见不到月儿圆。

他也走远了。

空旷的草地上，还有一个人独自坐在大石头上，张望着满天星星，心中恐慌得不得了。不久之前，有位朋友曾经这么跟他说，朋友说，你啊，你啊，你别看那满天星星亮晶晶，看上去美极了，你就坐在这大石头上，抬起你那颗蠢头好好打量清楚，要知道，这满天星星，它们有的，在千百年前就已经死了，爆炸了，熄掉了，完了，你现在看到的，是还在苍茫的宇宙中继续奔走出亡的余光，只因为那光和你相距太远，只因为你能观看的时间太短，所以你那颗蠢头看上去，死去的和活下的对你都一样，看来只是森然不移。他说，你呀，你呀，你自大个什么劲儿？在苍茫的宇宙中，你就是条蜉蝣，莫说你是条蜉蝣，你彼时脚踏的这看不到边的地面，在苍茫的宇宙中，它就不过是粒尘埃。

他听得朋友这样说，就冲回家去，搬了几部书出来，想与朋友讨论。他搬的是《庄子》《荀子》和《列子》，他说，他记得这三位子之中，不知哪位子，曾经提过形和影的道理，说形不存，存的是影，很可以为朋友所说的这星星和余光的道理做些补充。谁知朋友听了，竟撇撇嘴，蹭蹭鼻，他生气了，他说，在三位子之前，你竟敢这样撇嘴蹭鼻，快道歉。朋友哈哈大笑，说有一个道理，他知道，这三位子却给蒙在鼓里。他看看他朋友，说，怎么可能？净会说大话——他当时求道若渴，不惜卖了个激将法——果然，朋友横眉一竖，就自动凑到他耳边，告诉了他这个道理。

——什么？——他真是太惊讶了——世界快完了？

蠢头，朋友告诉他，咱们这世界叫地球，地球是圆的，不，正确地说，是椭圆的，像只肥短的纺锤根，它自个儿歪歪打转，也绕着太阳转，照着太阳的那半面成了白天，白天的背面，就是晚上了，因为地球是椭圆的，转着，这才有了时间，子丑寅卯辰巳午未申酉戌亥。朋友说，一天十二个时辰，那还是在人类出现很久以后才划定的，从前的从前，就上次大覆灭之前，地球转得较快，一天只能分十一个时辰，你要不信，就去找棵老古树，剖开枝干，看看那年轮，你看，这纺锤根转呀转的，累了，正渐渐慢下来，熄掉了，完了，说不定要爆炸了，这三位子跟你说过这件事没有？

自从他知道这件事后，他就失去了观赏星星的乐趣了，他在一片草地上晃荡，随地挑一颗大石头坐下，他一抬头，看见满天滴滴漏漏的光，他就觉得恐慌，他怕安静，远远的地方，谁家荒鸡在夜里啼了一声，他想——会不会这鸡早就死了而这啼声是奔走出亡了很久很远以后通过许多幽冥的时空才在此时一刻轻轻震动了咱的耳膜呢？他回头，听那满棚子余响的笑声，看那戏后台，那遮住三层楼的黑黑牌楼，那灯笼的火光缀着牌楼的黑暗，那火光后面森森的大庙殿堂，那森森的殿堂里，慈眉大耳，或怒目凛视的诸神祇，以及那无所不在，活着生长着移动着的人群，他想，祂她他牠它们们们们，会不会只是什么东西的留影留声呢？

顺着转着，顺着转着，顺着转着，时间并不因为人的惶惑而稍加停留，小路继续奔走出亡，离了山村大庙，山河变动海退却，岸头向前延伸，海堤建成，浮出一道曲折的滨海公路。滨海公路继续跑着，遇峡切谷，逢谷造峡，遇河搭桥，逢山钻隧道，遇大庙生市集，逢沙滩成观光乐园，绵延数百里，在一个饱和的假日，终于慢了下来，被人给追上了。

一个老头儿的房子被征收了，压平了，遭公路辗过。他不时回到原地张望，他看见滨海公路左右各一线道，放假之初，车阵塞一边，假期结束之前，车阵塞另一边，好比感冒的人的鼻孔一样，两边总不通成一气。

彼时正逢收假之前，他看见一边线道上，什么车都有，全数排成一行，动弹不得，它非得等那排在最头儿的那人，把车子开进城里自家大楼地下停车场的车库里，那排第二的车，才能向前再移动一小格，这移动的一小格，在车阵中慢慢慢慢传

递，总算大伙都动了一点点，那车阵末端空出的一小格，立即
又给不知哪个乐园驶出的车给塞上了。老头儿就坐在海边，他
看着一辆车，就停在他的左眼尖上，一两个时辰过去了，它终
于移到他的右眼尖上了，老头儿真为它高兴，他想，文明人的
娱乐活动果然也斯文严肃得多，放假时，他们就举家搬户，不
辞劳苦地开着车，上咱这穷乡僻壤来跳房子。

一位驾驶，换挡，松油门，紧刹车，一个踉跄，他和他的
车，又向前多占了一小格。

——你小心点行不行？害我们宝宝差点撞到——那是坐在
后座的他太太，正表达她的不满，她说的宝宝，是头马尔济
斯犬。

——嗯哼——那是他的回答。

——我觉得宝宝今天精神不太好，看到海也没有很高兴的
样子，不知道是不是生病了。

——嗯哼。

——今天的海怪怪的你有没有觉得？不太蓝，有点稀稀的，
也不是稀稀的，应该说是有点……唉，我不会讲。你觉得呢？

——嗯哼。

他把凉鞋脱下了，海滩裤的裤管也卷高了，他想，他在那
海边的什么乐园里，可没看到什么海，他就看到到处浮浮沉沉
的人头，与他脚下露出的那片沙滩，一整天下来，他就盯着那
撮海沙，而这撮海沙好像就跟着自己回家了。现在，他全身黏
痒得难受，随便一动，就有沙子从裤底掉出来，他感觉自己

简直像个沙漏——还有那大太阳——他想，八百年没照到阳光了，就这么出了城，跑到海边，根本自己找死。还好，他转念又想，因为工作的缘故，他的假日比别人长了那么一点，明天是星期一，别人明天一早都得上班了，但他可以一直窝到傍晚六点，太阳差不多下去了才上工。他想，明天太太出门以后，他可要好好睡上一大觉，养足精神，才好工作，这世界的市场，是不管你状况好不好的，它可是全年无休地转个不停，间不容疑的啊。

　　他是一位即期外汇交易员，从傍晚六点到隔天清晨三点，他在一家小银行楼上一间大办公室里工作。在他眼前，一字排开，八面液晶荧幕同时放着光，他看得很清楚，他看见，近期欧元兑美元及欧元兑日圆同时扬升，行情走势由直立的空心棒排成一道斜线，一路冲破蓝、绿、红、白、黄五条移动平均线，稳定站上，而RSI指数规律上探，游移在破表边缘，与大局不背不离。直觉告诉他，这波涨势将猛烈而长久，杂志上说欧元兑美元可望打破一比一的信心关卡，辗转走高，那说法太保守。

　　在他眼前，最左边的一面荧幕，继续一行一行吐着文字——

　　14:14 RTRS——〔泰国股市〕早盘收低 受地区股市疲软所打压

　　14:15 RTRS——〔欧元债市〕政府公债期货开盘走高 受美债涨势和欧元走强提振

14:16 RTRS——〔台湾股市〕收低23.49点 台积电和联电受美股下滑拖累走低 =2

14:18 CIF——《金融》美国企业财报的良窳将左右期货走势

…………

　　符号混用，断句阙如，便于看的人，用最快的速度，把字句的意思吸走。但经验告诉他，最好别看那些文字，文字在这市场上，只会误导你，让你做出错误的判断，因为文字在这个市场里，太强求稳健，太讲道理。他知道，有些说法真是一点用也没有，这个世界，他看到摸到的，就是一个以美元为中心的世界，美元是大经，美元是巨纬，一美元兑印度卢比，一美元兑南非币，一美元兑瑞法郎，一美元兑尽天下无敌手，唯四的反例是，英镑、欧元、澳币与纽币，可以反兑美元，唯一的例外是，欧元和日圆可以不通过美元，在市场上相互兑换。

　　要他说，这世界以美元为中心，反例与例外都因它而成立。

　　——美元重挫拖累 道琼早盘大跌
　　——美股底部未到 将续探底
…………

　　台北时间清晨四点整，纽约时间下午四点整，伦敦时间晚上九点整，法兰克福时间晚上十点整及雪梨时间清晨六点整，他下班回到家，心中不无一点遗憾，他想着，人为什么需要休息，需要睡眠呢？他太太正等着他，太太说，不行了，还是要跟他离婚。他手提一只刚脱掉的球鞋，抬起头，看见狭窄的两道墙之间，她据住沙发一角，在她面前，是一张玻璃面茶几，茶几前面，是几具组合电视柜，在她右边，横着一道及腰的长木桌与厨房的流理台，厨房墙边，一扇纱门通往后院，在她左边，是他正坐着的矮鞋柜，矮鞋柜旁，一扇纱门通往前院，此栋大楼地下停车场的入口，像温室一样，在前院地面上突出矩形的橘光。从远处河堤上吹来的风，前心透后背，总吹得这间还有二十余年房贷待缴的新成屋里，杯盘叮咚作响。

但当时没有风，空气中，沉着厚厚的水泥味。

他听见她说的话了，但他没有力气回答，他想着，作手时间已经悄悄开始了，此时这一刻，正逢纽约交易市场结束，雪梨交易市场开始之前的大空档，世界各个角落的作手们，开始从隐形的阵地冒出头，用隐形的金钱，操纵隐形的行情走势，刮掉隐形的大阵仗后的余利，但他无能为力。等到他睡了一觉醒来，只能像看纪录片一样，把这场一日一度的嘉年华，细细研究清楚。

战争进行中，这场战争谁也看不见，但世界是圆的——正确地说，是椭圆的——只要天亮着的地方就有人在兑，只要钱兑得动世界就算活了，只要世界活了，他，就算知道自己在干什么了。要他说，就这么简单，坐在八面荧幕前，摸着四具形状不一的电脑键盘，他也好像摸到了世界的脉搏。他一边工作，一边顺便将自己的积蓄在电脑上兑来兑去，上星期，一连赔了新台币三十万，他的心跟着那脉搏跳了一下，这星期，一举赚回五十万，他的心，跟着那脉搏又抖了一下。

　　——德国马克是欧元的主要组成货币
　　——〔德国俗谚〕一个人要破产两次　才会知道怎么花钱
　　…………

　　如今，所有和马克思有关的，他只记得一件事——有一年圣诞节，马克思太太出门借钱过节，就像安排好的玩笑似的，她在遭遇连串的船难与火车事故后，终于赶到她银行家朋友的别墅，却发现这朋友不巧在日前中风，正瘫痪在床，无法言语；她两手空空回返，又碰上了巴士翻车与计程车追撞等意外，浑身狼狈进了家门，她的女仆不巧心脏病发，死在客厅地板上，此时的马克思正因为筹不出葬仪费，干站一旁，束手无策。他记得，读到这一段时，他笑得要死，也怕得要命。
　　他睡着了，醒来的时候发现自己还坐在入门的鞋柜上，身上盖了件薄被，鞋只脱了一只。天大亮了，太太也已经出门了，他想，她说不定真生气了，或者，她也不生气了，她已经没有任何情绪了，她就是给狗喂了饭，给他盖了被，然后出门上班去了。
　　狗儿宝宝正趴在长木桌下睡觉，眼帘也不掀一下。他推开

纱门，往前院去，伸伸僵硬的四肢，围墙外一声响，一个人突
地站起，露出一颗头，是那位欧巴桑。欧巴桑包着花头巾，头
巾上还戴着斗笠，对他挥手打招呼，露出一边花护袖。先生，
欧巴桑问他，考虑好了没?

　　还在想，他回答，还在想。听得他如此回答，欧巴桑只微
微一笑，又将头缩回围墙外了。欧巴桑是包承水电铁窗顶楼加
盖等装潢工事的，每天，有许多像欧巴桑一样的掮客，沿着河
堤，在此带密密麻麻新长出来的公寓大楼间穿梭，招揽生意。
但谁都比不上欧巴桑这么有耐心，她几乎是风雨无阻，日日戴
着斗笠贴在围墙外面，一闻声息就冒出头来，抓着他，跟他解
释何以他家里需要大修特修一番。欧巴桑说，他家前院后院可
以盖上水泥，这样既清爽又干净，围墙打掉重做，加高加厚加
窗口，成堵真正的墙，接着，把看得到天空的地方都加盖棚子，
这样一可以防小偷，二可以把他家客厅往外推，把厨房往外推，
把什么都往外推一推，如此，他家的坪数，就涨大了一倍有余。

　　欧巴桑并且补充，他家前院后院的草皮，看起来绿油油，
其实雨一下多了就会被泡烂，因为院子地下是大楼车库，植物
的根无法垂直扎深，看上去像草皮，其实他们跟住在盆栽里没
有两样。

　　看着欧巴桑像猫一样，脸上挂着微笑消失在围墙后方，他
想，她是打算天荒地老，长期抗战了，俗话说，跑得了和尚跑
不了庙，她这是带着她职业上的自信，从容等待他和他的家了。
他抬起头，看见顶上六楼，又有一户新装潢好了，夸张突出的

整墙铁栅栏，一个四五岁的小孩挂在上面，像只小红毛猩猩，小猩猩在张望什么？从那个高度那个方向望出去，无非是马路，一道高起的河堤步道，玲珑般无路可解只能摆着车的大停车场，一条脏兮兮的河，带状公园，另一道高起的河堤，再过去，就是那座像装在盆子里一样，大约无论是谁，都得跳进去浸一浸的大城市。

电钻声又隆隆响起了，那是更顶上的七楼八楼正在装潢。他想，他与这些芳邻，真有一点器械相闻，老死不相往来的味道，除非他的职业与那人有关，或者那人的职业与他有关，否则，除了他的家人外，他在这个世界上，可说是谁也不认识。

假日，他开着银色轿车，载着太太和宝宝往海边去。他跟卖乐园门票的人买了门票，跟租遮阳伞的人租了遮阳伞，跟卖餐点的人买了午餐，这些素未谋面的人，也是因为职业需要的缘故，才在当天，和他对答几句话。他受不了太阳，当那陌生人帮他把一柄大伞，在沙滩一个桩上杵好了以后，他就像种芋头一样，一动不动地把自己种在伞下了。他又睡着了，第一次醒来，他看见太太穿着短衣短裤，抱着红白条纹的大海滩球，从左边到右边，追着宝宝跑过去；第二次醒来，他看见太太手里拿着甜筒，从右边到左边，被宝宝追着跑过去；第三次醒来，他发现太太倚在他身边睡着了，宝宝被系在伞柄上，趴在沙地上，呜呜低鸣着。

太太从什么时候开始就不再穿泳装了？他想不起来了，太太自尊心极强，莫不是因为他曾在言笑之间，拿她的身材开过玩笑吧？他也不确定，他想着，时间过得真快，当他们都还在念大学的时候，有一天，太太终于答应与他约会了，他们连午饭也没吃，就跑进电影院里看了场电影。电影演什么？他当时因为太激动了，所以看不明白剧情，看完电影，他好想再请太太喝杯咖啡，但太太体贴地说，她下午还有课，得回去上课，他就送她回学校。他们慢慢走在校园马路上，走到钟塔旁时，上课钟声正好响了，他们转头一看，发现那钟原来不是自动会响的，是有一位老头儿，把手藏在钟塔下的一个铁盒子里，手在里面拉一下，头上的钟就响一下，拉一下，头上的钟又响一下，他们不知道为什么觉得那老头儿真好笑，两人一起足足在马路上笑了十分钟。

直到送他太太进了教室，与她挥手告别，他还不可自抑地笑着。他太开心了，静不下来，所以虽然口袋半块钱也没有了，他还是走回商街瞎逛。他在唱片行外，听到一首曲子，他觉得这曲子写得太好太美了，太鲜活太甜蜜太漂亮了，就像从天堂传送下来的一样，太能为他说明他彼时的心情了。他跑进店里，一手抓住店员的衣领，另一手指着上方，问店员，谁这么厉害？写的这首曲子叫什么？

——舒伯特——店员瘪着气管说——《死与少女》。

——叫什么？

——死，与少女。

他放开店员，他确定，没错，自己是个音痴，但是没关系，

　　他恋爱了，这方面那方面白痴一点是很正常的，他独自一人又在街上笑了整整一小时，笑到眼泪流了出来。

　　他太太和他结了婚，那时，他已在同一家小银行里，不上不下地工作了好多年。有一天，他看到布告，公司紧急招募夜班即期外汇交易主任，职衔是主任，其实谁都知道，这家小银行的外汇交易员，班班仅就单兵一人，上一位主任，就因为长期在大办公室里独自熬夜，有了幻听幻视的现象，必须入院治疗。他想，好极了，这工作适合他，因为无须和同事相处，他去报了名，被赶着上了几星期的培训课，没看见任何竞争者，就被丢进大办公室里了。

　　他独自发现了新世界。一周五天，他穿着短上衣、牛仔裤和球鞋，去便利商店买矿泉水和烟，像探险者一样，从铁卷门半拉下的银行后门钻了进去，跟警卫室的警卫签到：姓名，某某某；事由，上班；目的地，十楼；进入时间，十七点五十分；离去时间，他也预先填了，三点十分。他进了大办公室，跟荧幕前的午班主任交接，在纸杯里倒了些水，充作烟灰缸，开始工作。

　　他下了班，开动车，过了大桥，离开城市，回到家，他不立即进家门，却又到河堤上吹风，心中还想着刚刚发生在荧幕上的事。当天台北时间晚间十点整，亦即纽约时间清晨十点整，美国的格林斯潘格老，登台讲话了，在格老登台前两小时，纽约市场开始交易了，他在荧幕前看见，闲嗑瓜子的有，乱丢毛巾的有，跑个龙套掠点风头的也有，但主要盘势几乎是定住不

动，全世界就等着格老出来唱声响，好容易，格老粉墨登场了，
开头定场吟了句——

美国经济稳定成长中，但仍有不确定因素存在。

这是句相当值钱的废话，投资人记得最近的后半句，便心
摇意乱了，美元汇市立地崩盘，直直滑落，他身旁的二十四线
电话开始响个不停，什么数字都有人喊得出来，价位不断跳空，
已经没水准到了家破人亡的地步了。此时，遥远的美国，格老
大约也发现苗头不对了，他抽换一张演讲稿，挺早先的前半句
话，为美元委婉护航，再抽换一张演讲稿，全面为美元灌顶加
持，到了演讲结束时，美元一跌一升，正好打平，格老漂亮告
退，等于没登台过，只把他累得跟狗一样。

他觉得自己像个小丑，可笑得很。

那时，在他最左边的一面荧幕，仍旧不疾不徐，依自己的
逻辑与步调，一行一行吐着没什么用处的文字。他想到，在这
套即时讯息播送系统的另一端，一定也有某人正熬夜工作着，
把资讯汇整，一字一字打出来，播送出去，那时，他突然回想
起了在校园里一下一下拉着钟的那位老头儿，他想着，那老头
儿如果每一整点都得回到原地拉那钟，那么，在那偌大的校园
里，他岂不是像被光拖曳着的蛾一样，哪里都别想跑远吗？并
且，他没有迟到的权利，在每一整点之前几分钟，他就是得出
现在钟塔下，右手在铁盒里就位，左手平举，对着自己的手表，

时间到，他就得准确地把钟拉响。

——这个世界上，原来有人从事这样的工作，并且因为这样的工作，而呈现这样的存在状况啊——他想着，他低头，看看面前的八面液晶荧幕。最左边那面，还在静静地不断地一行一行地吐着文字，他想着，可惜这套系统不是互动的，否则，他有一种冲动想回复远端的那陌生人，别再写了，这些文字，一点用处也没有，因为这世界并不遵照这样的逻辑与步调走，别写了，你的工作，一点意义也没有。

他睡着了，睡得极熟，而且醒来的时候，他记得自己做了一个很长、很有情节的梦。他想，据说人只有在将醒之际，浅眠之时才会做梦，因此，如果他记得自己做了一个很长的梦，那么，他无意识地熟睡着的时间，应该更长更长了。世界变简单了，他想，因为一个意念就能改变世界的时代，已经过去了，但人的力气，跟转个不停的世界相比，就好比放进宇宙无量的黑幕里的，一枚小烟火。

——你觉得呢？

——嗯哼。

他想，太太说得对，他们应当离婚。

一户新装潢好的公寓房子，夸张突出的整墙铁栅栏上，一个小孩挂在上面，正自个儿挣扎着长大。他的父亲母亲，自己就是对半大不小的老孩子，他的母亲，对清扫屋子、布置房间、打电话和朋友聊天的兴趣，比陪他在地上爬，看他反刍食物的意愿高；他的父亲不常回家，偶尔不小心碰着面，也不知道该对他说什么，就又出去了一会，回来时，带了拼图、积木，或是一盒彩色笔，送给他。他关在那比水族箱还干净的屋子里，自个儿做些什么消遣呢？他照镜子，跟自己的形影玩，再大一点，他看电视，打电玩，把关老爷他老人家在那虚拟的时空里整死几百次，或者，他也不干什么，他就挂在铁栅栏上，看着栏外移移动动的人，像看电视一样。

远方的旧住宅区里，一个邮差模样、穿着绿衬衫的男人，正走进一间有着斜檐的砖造平房，他突然想象，在那间平房里，住着一千只鳄鱼，那男人一走进去，就会被鳄鱼啃咬，开肠，剖肚，分尸，顷刻间就剩白骨一堆，被从窗口扔了出来，他为什么这样想？他也不清楚，只是这样想，稍稍排解了一点无聊感，他就拿起图画纸和彩色笔，把这景象画下来，他画，一间宁静的砖造平房，一位面容愉快的男人正走到门口，手搭在门把上，他还加了满地五颜六色的花，晴朗的蓝天，大大的红太阳。此时，母亲正好讲完电话，走近他身边，她看了画，好开心，她说，画得真好，像真的，真漂亮，妈妈明天买盒水彩送你。他得意极了，他想，母亲并不知道这屋里即将发生的事。

他上学了，干净乖巧，功课极好。下课十分钟，他坐在教室里做计算题，偶尔抬头，看见他的同学们满操场乱跑，溜滑梯，荡秋千，吊单杠，爬竹竿，或者找谁干上一架，有人手上的饼干掉在沙地上，又捡起来继续吃，好勇敢，而他却哪里也不敢去，连厕所也不太敢上。很多年后，当他回想起学校生活，他记得的，就是自己很干净乖巧地憋屎憋尿。他还记得，这辈子母亲只带他到附近公园玩过一次，那不是什么愉快的经验，因为母亲只在旁边新发现的服饰店街逛了一会，他就被一个不认识的小孩给揍得倒在公园沙箱里爬不起来了。母亲来解救他，拍拍他身上的沙尘，带他回家，母亲说，这世界坏孩子真多，以后还是别来公园比较好。后来，他常看母亲提回服饰店的包装袋，只是，他再也没去过那座公园了。他忙着上绘画班，上心算班，上小提琴班，他知道自己很聪明，因为总有人提醒他这一点，并且，如果不知道自己很聪明，他不知道他还应该知道些什么。

学校里，轮到他当值日生了。他和同学去抬便当，他看见那老工友坐在蒸饭间里，对着一瓶高粱自斟自酌，老工友打着赤膊，浑身刺满的字和图画都在冒汗，他不知道那老工友怎么会出现在这里，对他来说，那老工友无异于外星人。抬完便当，他去福利社买便当吃，他看见福利社在卖一款新的文具组合，里头有彩色笔、蜡笔、水彩盒、尺规组，等等，他想了一会，就买下来了，他提着这公事包一样的文具组合回到教室，同学们都凑过来看，很羡慕他，他得意极了，把文具组合附赠的贴纸送给班上一个捣蛋鬼，希望那捣蛋鬼以后少找他麻烦。他回到家，脱下制服，才发现那贴纸张张都粘在自己衣服背上了，难怪大家一直对他笑，他不知道事情为什么会这样，同学们对他来说，都像外星人一样。

还有一个外星人，不定期会跑到他家来。门铃响了，他透过门上洞眼，看见那个老人又来了，那老人还是提着口破环保袋，里面装着青菜，他开了门，那老人就进屋里来了。那老人据说是他外公，他想，也行，随他们怎么称呼，他不介意，对他来说，外公等于外星人的意思，他跟外公交代了，母亲不在家，父亲不在家，这家里没人在家，就自进了房间，继续打电脑游戏，杀几只异形出气。窗外，他看见外公又光着脚晃到阳台上了，他知道，他家太干净了，叫外公待着不自在，外公据说是乡下种田的，习惯光脚踩泥巴，他不明白，这么不自在干什么不定期就晃到他家来？他看见外公又从上衣口袋摸出一包烟了，每次外公一走，阳台上的盆栽就会种满烟蒂，让母亲的心情很恶劣，他嫌恶地拉上窗，打开冷气，他专注在电脑游戏上，很快就忘了那老人。

有一天，母亲告诉他一件事，他想，喔，你们离婚了，他想，这样也行，反正对他没有影响。

他工作了，干净利落，表现极好。他的办公室换来换去，哪里有难题，他就被派往哪里去，他习惯有人为他指出难题，并且信任地望着他，告诉他，就是这样，都交给你了，他会说，没问题，他知道他不需要跟谁取得共识，只要想出一个简单清楚的法则，就可以推着大家照那法则走，他没有跟谁比较过这做法好不好，但他知道，要他来做，他只会这样做。他一向如此心无所惧地对待工作，直到有一天，在公司的庆功宴上，所有人都喝醉了，只有他还醒着，他不明白人干什么要喝酒，他穿着白衬衫，系着黑领带，像参加丧礼一样端坐在餐厅一角，心里盘算着，不知道人们什么时候才会庆祝完。

公司里的一个捣蛋鬼同事，端着啤酒杯，晃近他身边，探头探脑打量着他，又拉过另一个同事，指着他，对那同事说——

你看，他像不像一只蚕宝宝？

面前有人笑了，仿佛就是那么一瞬间的事，他感觉整间餐厅好像着火了。男的对他笑，女的也对他笑，下属对他笑，同事对他笑，连胖大的上司也在座位上嘿嘿嘿对着他笑，餐厅的厨子扔了锅铲，侍者丢了菜单，所有人包围了过来，张开大嘴不断地对着他笑，他想问他们，餐厅都着火了你们为什么一直笑？后来他发现，点火的就是他自己，大家是来看他像一只虚弱苍白的蚕一样，蹲踞在自己的衣冠冢里，而且这只蚕的脸色，像燃烧的炭一样愈来愈红，愈来愈热。

当时大家都醉了，没有人知道发生了什么事。

第二天起，他开始不定期请假，他是真病了，往往一出家门就头晕目眩，牙根作痛，有一天，他好容易到达了公司，上司忧郁地望着他，递过张名片，说今天让他请公假，要他挂号，去见名片上的人。他听话去了，走过一道自动分开的玻璃门，他看见一位套装小姐迎了过来，带领着他，在走廊上绕着，他被带进一间四面无窗，空调调得极其寒冷的小房间，一位长得很像他母亲的中年太太，就贴着墙坐在一张深黑色办公桌后面。他在办公桌的另一头坐下了，中年太太很慈祥地问了他几个问题，他坦然回答了，中年太太又从深黑色的抽屉里，抽出一张纯白八开图画纸，和一笔盒的彩色铅笔，中年太太告诉他，请他随自己的意思，画上树、家，还有人。

他望着纸和笔，感觉自己再一次受到羞辱了。他知道这是测验，并且他知道自己一定会表现得很差，他拿稳笔，对准纸，有生以来第一次感觉自己不会画画，因为他知道无论他怎么摆置树、家，还有人，怎么把画面遮掩得既美丽又和谐，他知道，这一次，这位长得很像他母亲的中年太太，还是会像有洁癖的人看到脏东西一样，一眼就挑出他的毛病所在。他想告诉她，他已经长大了，而且他够聪明，他知道自己的问题在哪里，她想借由图画检视出来的他的空虚他的麻木和他的什么的，都没错，都是他的问题，只是，就算他已经知道了自己的问题，他还是只会像现在这样生活，为什么呢？因为他长大了，而且他够聪明。

很抱歉，他对那位中年太太说，我画不出来。他起身，离开那地方，第二天，他去递了辞呈。

辞了工作，他再也无须出门见人了，他与他的母亲，镇日面对面困守在家里。他开始不相信这世界存在着像是打错电话，或者按错门铃这样清楚简单的小意外，他认为，这世界以他为核心，核心之外，人人图谋着陷害他，羞辱他，趁他不注意时对他放出致命的一言一行。他不敢开电脑，更不敢接电话，他担心远端正有人利用此些方便的科技，监视、监听着他，他于是反监视、反监听。他像童年一样挂在阳台的铁栅栏上，一动不动，像看电视一样注视着外面，在那条窄巷里，一个男人从左边走过来，一个女人从右边走过来，两人在中间会合，男的说，咱爱你，女的说，咱也爱你，两个人一同伸出手，抱在一起，两个人一同噘起嘴，亲成一团，男人的手，趁便摸女人的屁股，女人的手，轻抚男人的背，喔，他想，这是在谈恋爱。

突然之间，客厅的电话响了，当时，母亲正趴在地上，用一条抹布拖着本日第二回合的地。她抬起头，看着电话，再看着他，仿佛不确定是什么东西突然响了。他看看母亲，再看看电话，阴谋，心底有一个声音告诉他，果然有阴谋，敌人正盯着他，趁他走到阳台上时才打电话袭击母亲。他跑回客厅，拔掉电话机，把它丢进母亲拖地用的水桶里，背起藏在茶几底下，准备了很久的背包，扶起母亲，开始逃亡。

他开动那辆闪闪发亮的黑色跑车，后座载着母亲，他沿着公路绕了不知有多久，后来他明白，他这是在一座岛上，他只能再往原来的地方开回去。此时，心底有个声音一直对他笑，笑他的徒劳与盲动，他像照镜子一样，用力地对那声音笑了回去，他想，好吧，要玩就来吧，他于是带他的母亲，绕海滨，进各种乐园观光，他学母亲，总是注意把自己和眼前的一切弄干净，不留痕迹。他想，我就这么愉快，我也学会了庆祝，我就是让你们捉摸不定，看你们能拿我怎么办，最后，一个假日在路上逮到了他。

他也陷在海边这样一条车阵里了，他开着车，后座载着母亲，他像位 RPG 电玩的主角，小心翼翼地观察着眼前一切景象，等待着什么东西给他最后一击。在他身旁的助手席，放着他买给自己的一只塑胶风筝，一把小木剑，一颗放了气的海滩球，一个小水桶和一柄小沙铲。喔，他的母亲在后座叫了一声，他问，怎么啦？母亲说，她刚刚好像看到她的父亲从车窗外走过去，他花时间运算了一下，他想，母亲的父亲等于是自己的外公，只是，那个据称是自己外公的老人，不是已经死了好几年了吗？

他不明白。

那排在最头儿的那人，把车子开进城里自家大楼地下停车场的车库里，在那座城市里，她，正坐在阳台的一张椅子上看报，她指着报纸，低低对他说，我们无能为力，一点用也没有。他读那报纸，说是远方的一个叙利亚国，一个伊德里村附近的一个塞祖恩水库，不知怎地突然崩了，水库蓄的水，像冲马桶一样，把伊德里村全村都冲走了。他看那照片，耸立在平地上的高壮河堤裂了个大口，露出刺眼的天光，平地上都是泥泞，没有任何突出物，一个人骑着单车，背着天光，正向他骑来。他想，那在泥地上的那男人，他哪里找来的单车？他是村里人？是警察？是与拍照那人同行的记者？是住水库另一头的水库管理员？还是外地来找亲戚的？但天光太亮，他一点也看不清楚他的模样，他只看见，他仿佛戴着顶鸭舌帽。他想，他若曾经待过这村里，他这样一路骑着找着，脑里必然翻涨出许多人影，这户昨日驻着一流浪戏团，那户收容了一逢人必笑的傻老乞儿，这户团仔无爹，那户爹爹跑了老婆。圆满也好，残缺也罢，那大洪水倒是不辨盗跖与颜渊，将他们一体带离了。

　　那大洪水随性所至，兴许还填满了一个大谷地。那个黄昏无雨，几位浑身湿透的伊德里村村人，像蚂蚁一样攀附着门板，一截断木，或一头死牛，努力让自己浮在水平面上，水平面扶摇着，远方的陆地好像一直在后退，一个大漩涡逆时钟方向转过，什么东西被卷进去，沉了，宁静地不留痕迹。一位老村人坐在一面门板上，给震动了一下，他抬头，看见满天鸟儿惊惶地飞，其中有一只是他养的大公鸡，公鸡拍着双翼努力撑着身上的铁笼往上飞，又一个大漩涡转过，他也不挣扎了，他头一偏，张开双臂，缓缓向下沉。此时，一位半浮着陷入昏迷的伊德里村村教师，被村老人在水里给撞了一下，猛醒过来，他头上脚下划出水面，张眼一看，朦胧一片，世界完了，良久他才发现不是世界完了，是他的近视眼镜掉了。他是阿拉伯后裔，隶属伊斯兰教逊尼派，自幼受教于派内哈乃斐教法学系，在油灯下跪着熟读了可兰经，他祷告，警醒自己勿惊勿疑，真主说，勿惊勿疑，若要淹没咱们全部，祂必须融化天上所有的云，那时祂就必须显露出祂自己，真主总也不愿如此行。

　　又一个大漩涡转过，他被带着逆时钟转了一圈，他看见有一个人，双手搭着一截断木，双脚踢水，快速向他游来。他辨清楚了，是那位傻老乞儿，傻老乞见他便笑，双手轻推，断木向他滑来，村教师牢牢攀住了断木，心里感动极了，他想着，傻老乞儿平时逢人便伸手乞讨，危急之时却也知道将救命的东西舍出。他抬头，想赞美真主，朦胧间瞥见一块黑黑的云当头砸下，撞在水面上，他微笑不及收敛，向后一仰，又晕了过去。

傻老乞儿看见一个大铁笼子从天上掉下来，没被砸中的村教师给吓晕了，脸孔朝上，呈大字形躺下了，大铁笼子的栅门脱开了，里头的公鸡力气放尽，无力飞出，眨眼便连铁笼一起向下沉沉沉了……

他想，她说得对，我们是对许多问题都无能为力，一点用也没有。只是，如果这世界一块陆地也没有了，我们兴许还是活得下去，我们学会沉潜，我们长出蹼，我们胸腔鼓胀，吸聚水底的气泡，我们长满鳞，不再害怕冷潮袭击。或者，整个世界都被冰给冻结了，我们也就萎缩了我们自己，成了封在固体里的蜉蝣。那时，出生和死亡都无关意志了，我们就是一口气都不存地活着，等待另一颗恒星再将我们解冻，我们总能活着，如此而已。

她放下报纸，对他说，她要离开一阵子，出外走走。

他背对一间房子，送她出了门。

她，在一家公司，像工蚁一样从早干到晚，每天的工作内容大致是，与另两位同事——老大与老二——轮流传阅一叠稿子，一字一字校对三遍，再一页一页在电脑上制好版，她们就好像是不同年份所遗留下来的样本，专为可怜的文字而生的保姆。每天下午，当刚吃下的午餐在胃里发酵时，她总是会经历一种奇异的状况，一行一行的方块字相当快速地从她眼前滑过，满纸跑马，她好像把整段文字背下来了，然而实际上却什么都记不得，这时，每个字看起来都不太对劲，但是，她一个错字也挑不出来，这就是人们所谓的意识流，专门袭击编辑的大瘟疫。老大的说法是，要日以继夜，夜以作日，连续看稿子看十年以上，才能对意识流完全免疫。——那个时候各地的革命都失败了，党人死得不少，每个人都很不高兴，每个人都很牢骚，我百念俱灰，每日读《申报》，便先看电影广告以自遣。——她记得，这是下班之前，她对着手上厚厚一叠打字稿，所能辨识出意义的最后几行字，但这是谁的回忆，在什么时间，什么场所里发生的？她已经搞混了，记不清楚了。并且，她也已经不感兴趣了。

他想去查查书，看叙利亚国的夏天，一般开什么花。

她要他说个故事，他说，是这样的，从前从前，有名书生要进京赶考……

——又是书生。怎么你的世界就没有其他人？

人就来了，他说。荒凉的旷野，书生的背后，就出现了两个人影，一高瘦，一矮胖，连同书生，这三人原来互相素不相识，只因为荒野苍茫，路仅一条，才使他们同行在一起，这夜深了，他们走进一间破庙里休息，各自寻地方睡了，睡到半夜，突然就听见那高瘦的在那儿哀哀啼哭，矮胖的那位，正在梦中的大海里嬉戏，还以为有人在岸边吹海螺。他被吵醒了，正要发作，但他听那高瘦的哭得实在悲切，就披好衣服，摸到高瘦的身边瞧瞧……

——鬼出来了吗？

没有没有，且莫着急，这矮胖的就问那高瘦的说，高兄，这天凉夜静正好梦周公，高兄何以中夜不眠，也学那荒鸡啼

哭？莫非高兄客途在外，思念起那年迈高堂，娇妻幼儿，侍妾
仆役，车马犬友，还有贵邸门前那对石狮，这才悲从中来？非
也，高瘦的说，若是思念仳离之人，弟必自隐默遣怀，不敢恸
哭惊动大哥是也。然，矮胖的又问，高兄想必是盘缠用尽，忧
心无从入京门，这个容易，说着，矮胖的就去解了钱囊。非也
非也，胖大哥且慢，高瘦的说，太平庶世，人皆喜舍，何由担
心行脚之资耶？则，高兄想必是少年荒诞，用心不专，担心此
去功名无望，这也容易，有缘同行为伴，正该相互砥砺，说着，
矮胖的又去解了书袋。唉，胖大哥实在错得离谱，弟虽不肖，
自幼也知伏拜诗书，目今半部论语倒背如正，举一角能以三隅
还，此去应试，何虑之有是也哉？

　　——罢了罢了，高兄之伤悲，真也高深莫测，小弟实在猜
不透。

　　——胖大哥见笑了，胖大哥如此关怀，小弟自当坦诚无隐。
是这样的，小弟荒夜无聊，偶见自己的肚脐眼，顿觉温馨感动，
颇想赋诗一首，忽然，小弟又察觉这肚脐眼上竟有一机枢，小
弟一碰那机枢，自己的肚皮竟堂皇掀开，小弟急往肚里一瞧，
胖大哥，小弟察觉自己居然是，居然是……

　　——是什么？

　　——胖大哥，小弟居然是，是一个机器人……小弟这才难
过地哭了。

　　——这是什么故事？——她站起来，伸伸懒腰。

　　你听下去，他说，这矮胖的看了看高瘦的肚皮，再看看高

瘦的悲苦的表情，思前想后，忍俊不住，哈哈大笑了起来。这
高瘦的困窘地说，胖大哥何故如此，无恻隐之心若是，真乃枉
读圣贤书是也夫。非也非也非也，那矮胖的忙止住笑说，小弟
乃笑仁兄多虑了。只见矮胖的也开敞衣襟，霍地掀翻了自己的
肚皮，这高瘦的惊讶万分，定眼一瞧，他看见矮胖的肚皮里的
机器零件，铁亮铁亮地沐着森冷的夜光。这矮胖的真开怀了，
他说，您瞧，普天底下枝草点露，就算是机器人亦孤而不单，
小弟这心脏还是新型的，才刚换过机油呢。

　　——你觉得这故事怎么样？

　　——好无聊。

　　——你不想知道那位在旁边听着的书生，后来有什么发
现吗？

　　她耸耸肩，她说，她觉得很累，她再也读不到三项重要的
故事主题了。这三项是战争、爱情，还有一项，他不记得她说
的是什么了，他默默听着，失去了安慰她的力气，他想，长久
的婚姻，夫妻之间，果然也不存在了战争、爱情，还有那项他
忘记了的什么。他们默然坐着，直到黑夜掩了上来，在这个世
界上，白天的背面就是黑夜，他想，黑夜是很公平的，无论地
球转了几圈，黑夜底下，咱们看不到的，就是看不到。

　　他想告诉她，小心了，咱们得小心留意任何琐碎的痛苦与
欢乐，是的，因为咱们既不会长生不死，也不能就在今天死去。

　　两个人，各自占领脚下四户人家的领空，对彼此一无所知，
也没有兴趣知道彼此，以秃鹰一般的姿势，俯望千门万窗，城

市生活变成千疮百孔的眼眶，彼此互瞪。看世界，最贴近地表
处，早市人潮在午后散去，遗留满地垃圾与一头被肢解零卖的
死猪，污水一缕缕渗进阻塞的下水道中，一个疯汉，与绿头苍
蝇同时从孔隙中窜出，手抚苍蝇，在巷的两端来回走动，以
一种难明的语言，叫骂不明对象，像是登台唱戏，屠夫洗净
了弧刀，将一颗头颅扔进冷静冰柜底，早起小贩在各自屋里
安睡，听在耳里，疯汉吼声混进远街车声，旋即隐没，在背
后屋里，包藏一间阴暗的密室，听到密室镇日轰隆发散沼泽
生物的呜咽低鸣，还无时无刻不闻到，密室从孔隙中窜出的潮
腥味。

　　清晨三点整，寅时头，减价时段，一个人在KTV密室，与
自己同乐。这世界跳过了乡下，只有城市，和一个一个原始人
的洞穴。唱完歌，去宵夜早点卖成一气的饮食店喝豆浆配蛋饼，
边吃边和满店的人，隔着橱窗，看一队工人把一条马路挖翻，
封锁的马路上还有两辆车，前头是一辆大卡车，后面跟着辆输
送车，输送车像长颈鹿，长长的输送带上滚着热烫的柏油砾，
一口一口吐进大卡车背后的斗箱里，两辆车都开动着，前头的
大卡车若开得太快，后面输送车的驾驶就按喇叭警示，叭——
叭——叭——两车一路顶着撑着鸣着等着从面前开过去，回头看
见每个人的眼睛都红红的，喝着豆浆嚼着蛋饼边想，这是在哪
里啊？

　　……在无事可做的年代，走下新生南路，如果，远方车祸
正在发生？

去泡网咖，就坐在这桌前，用这滑鼠，在网际网路上头飙，记得疑问是——

如果地球逆转 月球会怎样 ：）

答案隐于深海电缆中。答案说，数十亿年前，月球与地球引力相吸，地球倾斜自己，才留住了月球，于是世界有了季节之分。如果现在地球逆转，月球还是不会改变它的轨道，它将以同一面较为沉重的脸，相反地西升东落，持续远离，直到有一天逸出地球的引力。他想，这就是历时最久的爱情角力了，他抬头，看月盈月亏，他看的，原来是两物相吸的阴影啊。他再想，如果月球初始即不存在，心跳般的潮汐也不存在，地球火山不再轻易喷发，板块不移，大气层延迟数十亿年出现，微生物今天才诞生，而现时手握滑鼠的他，也不知有身无身，身在何方了。

一个人回家，放水洗脸，水龙头注入洗脸盆，打了个漩，漩涡呈逆时钟方向转，他明白，这是地球引力造成的，他这是身在北半球，引力就这么平平稳稳无所不在，他戚戚忧忧也不知是为了什么？刹那间，他想起了形和影的道理，在那空无一人的大办公室里，每个人的办公桌，有人在桌上玻璃板下，夹了先生太太小孩的合照，有人在桌前月历牌上，贴了张便条纸，写今天要看牙，还有人桌前就堆了叠纸，那是附近茶坊下午茶餐点的选购单。他就像看到满屋子人影还活着，在那海边塞着的车阵旁，看见车窗上显露出来的张张人脸，那人脸引他想起别的人影别的事，他知道，他们是先移动到此才与他相聚，在那十二年一度的大醮上张望，突然觉得这十二年一度的幻影比每时每刻生长着的人们还踏实，他兴许不是在做梦。

逆着转着，逆着转着，逆着转着，人总是热闹地寻找着娱乐；逆着转着，逆着转着，逆着转着，回到那十二年一度的大醮里。戏进行到一半，那当家旦角负气走了，那老板和教戏先生急得方寸全失，胡乱叫个演奴婢的上台去扮着撑着，一边在戏后台，摊开纸誊改下半场，两人刚研好墨，脑子刚醒了，就听见台上唱开了，她，清吟一句——日落西山黄昏暗——从盘古开完天辟完地回家喝的那碗温开水唱起，悠悠荡荡，荡荡澈澈，心无着落息无痕，吊得满场喘不过气；良久，横笛跟上来了，月琴跟上来了，锣，鼓，板，整好阵式，如夜军渡河，悄悄跟到了，一周一折，一反一复，那小娘子御着繁音万曲。老板和教戏先生在戏后台听呆了，冷汗直流，墨水点点滴在白纸上，又周，又折，又反，又复，小娘子沉默片刻，令万千随众自隐，字字怜惜，字字决然地唱了句——你我难再结成群——吟罢，略一欠身，她原先端上台的那盅茶，还稳稳当当停在茶托上，片刻不移。

待余音在远处林子里息了，观众里才有人喝了声好，随后，掌声，喝彩声，足足满满亮了起来。戏后台，老板抓着教戏先生的手肘，望着他，感激地问，您给教的？那教戏先生摇头苦笑，掷了笔，说，惭愧，在下忝列教席，这便辞过东家。说完，他闷闷想着，郁郁走远了。

他也走远了。

一个人迟到了。那时，时间已经过了好久好久，树林不见了，他但看见那空旷无顶的大戏台边，围观的群众造成了海，戏台像个放大几十倍的跳水台，上面站着三位穿泳装的女司仪，和两具巨大的扩音机。他直入那大庙门，看见大庙边厢坐着他那位受不得激将法的朋友，他在庙里卖香烛——他已经老得不像话了，长长的胡子垂到地上——他拖住朋友，对他说，咱已经读不懂那三位子了，咱就记得咱手里这本书说的事，这本书上说，亘古以来直到现在这一秒，是以一种循环接着循环的方式成就的，这个循环的单位，会渐渐膨胀，膨胀到最大处，再慢慢缩小回来——就像个纺锤根一样，就像您告诉咱的一样。

——您说得对，您说得对——朋友说。

他说，书上写，当这个循环的单位等于咱们理解的十年时，女生五月便行嫁，是时世间酥油、石蜜、黑蜜诸甘味，不复闻名；当这个单位等于八万年时，女五百岁始行出嫁，时此大地坦然平整，无有沟壑丘墟荆棘，亦无蚊虻蛇蚖毒虫，瓦石沙砾变成琉璃，人民炽盛，丰乐无极。咱想请问您，在必有边界、必得循环的时空里，怎么可能丰乐无极呢？

——您说得对，您说得对。

——咱想您也不知道吧。

——您说得对，您说得对。

——您这是怎么了？

——您说得对，您说得对。

——咱告诉您，这似乎是在说，看似无边无际的静，其实是在规规律律地动着，而静的——也就是不动的——没有边界、限制、规范；动的，却反而有边界、限制、规范了，咱请问您，什么叫体无常，才能生安定？为什么说明一件事，修辞要这么正反互用，才说得明白？

——您说得对，您说得对。

——您到底是怎么了？

那时，在远方，有人喊着，脱了，脱了，满庙的人轰然向大庙口挤去。半空中烟火炸开，一群年轻人，头披盖了庙印的黄巾，走了过来，领头那人，提捻住他那朋友的长胡子，说，老头儿，今晚这么高兴，你好歹给写几个字吧。

——您说得对，您说得对。

他看见朋友从口袋掏出半截墨条，在墨条头儿呵点热气，就在面前石桌上研起来了。石桌自生津，股股墨水都聚进了桌面一个凹陷的洞里，那人放开那朋友的胡子，讷讷地说，原来老头儿你真会写字啊，被你骗了这么多年。朋友从另一边口袋掏出半截秃毛笔，提了墨，就着张冥纸头画着笔画。

——看懂了，这是个马字——人就喊了。

——别急，旁边还有呢。

——草字头。

——两个口。

——这，这成个什么字？

——下头还有字。

——知道了，老头儿要写个虎字，什么虎的。

——不，咱看是个虚字，这意境高。

——高你个头，你看，写不完，口又长出来了。

——呦，成了个吴。

——写完了？

——写完了吧，就这两字。

——这两字，怎么念啊这是？

——ㄏㄨㄢ ㄩˊ[1]。

——ㄏㄨㄢ ㄩˊ？

——啊，就ㄏㄨㄢ ㄩˊ嘛。

——就那意思？就那意思……有这么难吗？我记得不是这样写的。

——看谁，老头儿憋了那么久不写字，一出手就这德性。

人群哄堂而散，一个人才出现。四野空旷，一个人也不剩，他躺下了，睡着了。他今早洗脸刷牙时，发现牙刷是秃的，牙膏管子蜷曲起来，刮脸刀钝了，连毛巾也腐烂在墙上，雨水余响在顶楼加盖的铁皮屋顶上，他醒了全家也就醒了，他弓着背站在镜前，新的一天就这么光光亮起，意识流来了，意识流迎面来袭的时候，他看见她一脚跨出门槛，两手还整着衣袖，他的眼睛闭了，苍蝇慢慢爬进鼻孔里，一眨眼，另一只又钻出，他已经没有气息了，法会，建大醮，棚架立起，他们在里边摸

---

1. 此为注音符号，汉语拼音为 huān yú。

着纸牌，纸牌整日整日传递，边角都给日子磨损了，但祂不在乎，到处都是开阔的地，但他们常常需要挤成个圆，在旧木桌前聚拢了四季，看起来任谁也没有余裕，火，锅炉的火就让它热着吧，他们随时都会来，它是坐不住的，焦躁了要往火光奔，她总注意着它，搂了它护卫在怀里，挥赶着苍蝇，又装进了一天，黄昏刚上，就要进屋，莫要错过了日子才好，今日可是第七天，确定吗，就是吧，日子编派在日历上，日历挂在水泥墙上，泥墙支撑着房门水泥顶，都睡了，探寻时间等于惊扰，夜雾深凝，日复一日，涂抹一层又一层，天又低了些，昂头数皱纹，日子对了，荒老下去，有天一伸指就碰着顶，还以为长高了，阴晴柔映海面，海潮月浪跟随彼此，那深海底，却寂静不可闻问，字都融了，字都融了外面路应该修好了吧，暴雨已过了这许久，说不定的，明天天气很好，修好就走，说个故事，说什么好，时间错乱了，宣誓在睡时安眠，在吃时吞咽，在行路时移动，平坦的风晾晒，四个轮子怎样运转，炮弹为何爆炸，黑暗中如何造出影子，晾晒着的，甚至不想去靠近那火光，对一个世界，最初想象，是晾晒着，早起迫着失眠，用圆盖盖妥一个圆，张开眼，还在等待，站在道旁等待为法会而来的人，所以谁也不去阻止谁，坐不住，就响着，在挥赶苍蝇的手势里安睡，蒸煮着毛孔噗噗作声，每天早晨，站在旧空气里，驼着背观察自己，沉静如同一杯冰块在互相擦撞，碰撞声，叹息声，呼吸声，吞啜声，完了，又搞砸了，别恨自己，自我无形有影，再来过就好，一次一次重新组合一个拆卸了的时钟，所有零件一无遗漏，只是时钟再也不走了，他曾经走到一个极其热闹的所在，那房间地板全然的绿，铃响了，人来关掉灯，一天里，灯只暗一次，也只亮一次，整齐排开六张床，躺着六个人，一号二号三号，四号五号六号，每张床右首配一杂物柜，床与柜间贴齐床沿备一塑胶垃圾桶，每样家具都漆有番号，每个住着的人都配有一套，十二个人一同在洗衣间抽烟，洗衣机卷着潮湿的烟幕，他们站着坐着斜挤，马达镇日不停，烟抽完了他们的衣服也干净了，十二个人一同在康乐室看电视，夜晚九点五十分的气象小姐背后，张开一面天蓝色的帷幕，人们，特效，打上卫星云图，云团浓缩，加速卷着，气象小姐熟练指出，是哪道滞留锋面，带来现今的雨，然而他知道，她只要回头一看，她就知道后面什么也没有，十二个人一同在盥洗室刮胡子剪指甲，水龙头镇日不停，水声灌进房间里，每个走回房间的人都湿着一张脸，用刀用剪的地方就有人们监视着，在长长长长的走道上，十二个人一同排队使用一具电话，走道一端是铁门栅栏，另一端被厚墙上高高的窗所阻绝，十二个人一同挂在铁门栅栏上，十二个人一同喊，警卫，警卫，麻烦您，给咱投个铝箔包，十二个人一同拿起铝箔包，尖尖的吸管都给取走了，无刀无剪，无器无械，十二个人一同张嘴啃咬包装盒，喝芭乐汁的像啃芭乐，喝柳橙汁的像啃柳橙，时间错乱了，因为记忆的缘故，完了，又搞砸了，再来过就好，口又长出来了，虚，这意境高，呦，成了个无，失眠时，失眠时他知道，欠缺天文常识是种灾难，清澈的星空中，应该浮现一头熊，一把勺子，或者一双猎人延伸的手，天空藏满奇异的生物，地上人们仰头看见，就知道了季节与方位，但他努力回想满天星斗的盛景，才发现分配星星的密度，在天上，非常不容易，无论如何尝试，他的星空总像是戴着白钢盔的士兵，在沥青操场上整齐排出的矩阵，他作出一首诗，他写，仰望，在回忆时总成了俯望，在真正睡着前，他想到个好方法，让回忆星空逼近真实星空，那就是，把黑操场上的白士兵全数撤走，仅留一员，那是最亮的北极星，在整面漆黑噬人夜空中，仅有一颗星寂然亮着，此景必然恒常出现在人世之上，也于是他发现，世间最易临摹的乃是人与人间的孤隔，只要专注在融没入整片黑暗中的一点矛盾，不存在对抗，无须理解，连质疑也小心避免，只要看，看那肉眼可见的余光不断不断奔跑出亡着，很久很久以后，它会自动在远方凝成一个静止不动的点。——从何时开始，只剩下视觉了？

　　他醒了，他站起身，他揉揉双眼，像望见从远方洋面驶近的船，首先露出船桅一样，远远地，他先看见她用黑缎缚着的一束发，从地平线上冒了出来……

【附录】 暗室里的对话

骆以军： 最近读到余华的随笔《我能否相信自己》里有这样一段话："……布鲁诺·舒尔茨与卡夫卡一样，使自己的写作在几乎没有限度的自由里生存，在不断扩张的想象里建构起自己的房屋、街道、河流和人物，让自己的叙述永远大于现实。他们笔下的景色经常超越视线所及，达到他们内心的长度；而人物的命运像记忆一样悠久，生与死都无法去测量。他们的作品就像他们失去了空间的民族，只能在时间的长河里随波逐流……"这让我不自觉地想到你的这些篇小说。布鲁诺·舒尔茨将他的父亲以一种孩童的晃荡和烂漫，变成鸟（或鸟类标本）、蟑螂和螃蟹。最后他妈妈还把那螃蟹烹煮了。你的这些篇小说，似乎皆将一个父亲的角色，冻结、静止、禁锢在一幅众人恍惚傻笑的画面里。"父亲早已离开了。"他像舒尔茨那个"逃跑时腿不断脱落在路上"，去开始一种没有家的流浪生活的那个，消失的父亲。那样的一幅画，一幅家族合照里，因为父亲不在，而使所有人都滑稽、空落而淡然世故。这样的"伤痛早在故事源头之前"的节制、幽默,近年来我只在石黑一雄的小说中读到。我非常迷惑你如此年轻便以这样的时间感冻结自己的故事。仿佛不断复返回去那个"大于现实"的静静的街道、公路、小镇、咖啡馆和里面的人物们。也许有点冒昧,能否请你谈谈这个。"那是怎么一回事?"

童伟格:很有趣的是,您在问题中提到的余华的话:"使自己的写作在几乎没有限度的自由里生存……"其实,我一直悄悄在心里转着类似的念头,我总以为,小说的魅力,应该就在于它"很自由"。所以,对于您这个问题("那是怎么一回事?"),我无法准确回答,因为在写的时候,以及写完之后很长一段时间,我其实并不真的知道(甚或只是察觉),它们何以长成了这副德性?我把这九篇小说重读了一遍,发现了一件蛮严重的事,那就是,在写作的这五年间,我比较像是在原地转了一圈,比较像是以同一种手法,把个人一点小小的焦虑推远一点,如此而已。于是,整件事情也许可以倒过来:如果有一个人总是企图"冻结""静止""禁锢"一个早已逃脱了的角色,他可能只是想逃脱那个早已"冻结""静止""禁锢"了的形象罢了。是不是如此呢?我开始在想这个问题。

我的记性很差,我常想,记性差的人在生活上,有一个坏处,和一个好处。坏处是,记性差的人,一旦想跟别人复述一个他听过、而且"记得很好笑"的笑话时,结果通常是灾难一场。好处是，记性差的人，似乎比别人多了一套自我保护装置，当真正的灾难降临时，他总是无法清楚地记得事情的经过。

最近，我在找寻一九八四年夏天，在我们身边，到底发生了什么事？我发现，那年夏天的确蛮热闹的：有一位蔡先生，驾驶一架单引擎小飞机，横越太平洋，在台北着陆，破了世界纪录，还有一位嘉义的邱先生，在上千名围观的民众面前，公然谋杀一头老虎，这件事也上了国际媒体。另外，那年夏天还接连发生两次煤矿矿坑灾变，总共有一百七十七位矿工因此罹难，其中有一位，是我的父亲。

奇怪的是，在那段时间里，我最记得的，是玻璃瓶装汽水的圆形瓶盖，印象中，我好像花了整个夏天在地上找瓶盖，我把瓶盖拿在手上，除了瓶盖那点小小的面积外，我什么都没看见。有什么冻结了吗？现在回想起来，好像什么都冻结了。不过，就我个人而言，我一直尝试辨识，并表达的那瓶盖般大小的东西，终究没有"大于现实"，那比较像是一种被庞大而生硬的现实给打败了、给限制住了的视野。我认为，这是写作《王考》时，我的局限。

骆以军：初次读你的小说，我忍不住想，我身边那些尊敬而严厉的师友们会怎么看待这些作品。像徐四金[1]《香水》里

---

1. 大陆译为帕特里克·聚斯金德（Patrick Süskind，1949—　）。

那个香水匠葛奴乙，可以在一瓶香水中嗅闻出它复杂糅错的
身世：它的萃取手法、它的材料、它的城市教养、它暗中致
敬的经典香水……我欢快地在这些作品里嗅到了拉美魔幻的
巴加斯·略萨[1]；我嗅到了一点点葛拉斯[2]（以及他的"流浪汉
传奇"）；我嗅到了一点点的《被伤害及被侮辱的》，最可敬
的杜斯妥也夫斯基[3]……也许我全弄错了。但我确实为包括
《假日》《暗影》《离》《我》这些篇优美纯粹的小说迷惑吸
引。"怎么可能那么好？"那是一个比我的小说启蒙时刻上跳
了几十年的，宽阔而完整的"人直接与命运对话""叙事尚未
被污染之前"的地貌。恕我直言，我觉得这几篇比你最近得奖
的《王考》要好。我想请问：你心目中的"小说祖谱"是哪些
人？他们怎么影响了你？

童伟格：（偷偷告诉您一件事，希望您不要介意，现在，葛
奴乙在《香水》里的最后下场，一直出现在我脑海里，我觉得
有点恐怖……）

我喜欢读小说，因为没有人想阻止，也没有人告诉我应
该怎么读，就凭自己的喜好乱读一通了。因此，当您问起我

---

1. 大陆译为马里奥·巴尔加斯·略萨（Mario Vargas Llosa，1936— ）。
2. 大陆译为君特·格拉斯（Günter Grass，1927—2015 ）。
3. 大陆译为陀思妥耶夫斯基（Фёдор Михайлович Достоевский，1821—1881 ）。

的"小说祖谱"，以及他们对我的影响时，我其实满惶恐的，也有点心虚，原因是：第一，我其实以这种主观而野蛮的阅读方式，压榨了很多小说家的辛苦成果；第二，有许多小说家，他们其实影响了我，但是我太笨了，我总是到很后来才突然发现。所以，我充其量只能以很不负责任的方式，提出一些令人尊敬的名字，希望这样不会让他们显得很滑稽——

我记得，托尔斯泰有一篇短篇小说，写的是叙述者"我"，一位领有农地的贵族，和一位医生，在一个村子里的见闻，两人在一天疲累的探视后，医生突然说了句怪话，他说："我昨天在某某某家看顾一位产妇，为了方便检查，必须把她放在一个能让身体躺平的地方，但是在她们家里，找不到这样一块地方。"这句话前不着村、后不着店，说完以后也没人接话，但是不知道为什么，当我把整篇小说的具体内容，连同它的篇名一起忘掉了很久以后，我还是不时会想起那位疲累而失神的医生，还有他自言自语的这句怪话。我喜爱这样宽阔地描摹角色的整代俄国作家，包括了果戈里、屠格涅夫、托尔斯泰、（的确可敬的）杜斯妥也夫斯基，与契诃夫。

我记得，王蒙为《红楼梦》做了一番分析，直指《红楼梦》的某些段落，可以独立出来，成为很好的短篇小说，在我尚不明白"故事"和"情节"原来有分别的时候，这种自由自在的叙述方式，让我感到很佩服，我所喜爱的小说家，包括了石玉昆、罗贯中、曹雪芹、鲁迅，以及沈从文。

　　我记得，马奎斯[1]的《百年孤寂》是如此地明亮而强悍（"今天早晨，当他们带我进来时，我总觉得这一切我早就经历过了。"），他说，吴尔芙作品中的时间感，深深地影响了他，但我认为，他才是时间最大的敌人。他是独一无二的。

　　骆以军：在这本小说集里，《王考》和《骦虞》很明显地迥异于其他诸篇。文体上糅进了县志、地方志、抢神、野台戏这些繁文缛节的考据和人类学式的田野纪录镜头，但又显露出一种"脱离感伤调"，处理一"神奇的写实"（magic realism）而非梦境或雾中风景。《王考》说的是一个考据癖、书痴、知识疯子的故事，不过我觉得它匿藏的叙事幅员应该可以继续延展成一长篇至少是中篇。《王考》里你已经（过早地）以伪知识、历史与神话的妄错嫁接、书本以及其对峙的真实世界……这些界面来面对一则神话学的乡愁：知识系谱的失语症而成为民族的巴别塔（他的祖父有四根舌头）、文化主体的失位使得虚无的后裔只能无限感伤地成为汉字恋字癖（……人死以荆榛吹烧刮尸烘之环匍而哭既干将归以藏有葬则下所烘居数世移一地乃悉污其宫而埋于土……）、古地图藏家（滴水尾、枫濑濂洞、鲫鱼潦、尪子上天、半碉亭埔）或仪典怀旧……这在拉美

---

1. 大陆译为加夫列尔·加西亚·马尔克斯（Gabriel García Márquez，1927—2014）。

的小说家群（除了波赫士[1]）动辄就是数十万字的大长篇国族大史诗。这样的汉字"符号／物质性"的撕裂（失落），我想到三个完全不同"离散时间"的小说家：韩少功、舞鹤和黄锦树。我不晓得你在《王考》中的转变是朝向怎样的一个书写想象做准备？你能不能聊一下？

　　童伟格： 韩少功的《马桥辞典》里，就有一位考据癖，他一心想跟人说明，"射"与"矮"这两个汉字，其实被人相互混用了："寸、身"应该是"矮"的意思，而"委、矢"才是"射"的意思，所以说，"一个矮子在射箭"是错的，"一个射子在矮箭"才对，这位人物，我在写《王考》时，的确常常想起来。

　　不过，从《假日》《暗影》《离》《我》，到《王考》与《骟虞》，我并没有为任何书写想象做准备，只是有一个直接的意图，让我觉得必须做出调整。这个意图是：我想要知道事情表面底下的线索，我以为，借由联系这些线索，我也许有机会建立起"另一种事实"，这种"事实"，也许当时间都——如您所指出的——"离散"了，它还在，一直都在。搞不好，世界上根本就没有这样的"另一种事实"存在，但我认为，我应该自己想办法确认看看。

　　我念初中的时候，放学时，需要走过大半热闹的街区，到

1.　大陆译为豪尔赫·路易斯·博尔赫斯（Jorge Luis Borges，1899—1986）。

公车站搭车回家，走到那条电动玩具街时，有一位二十多岁、自称是"阿忠"的人，就会浑身脏兮兮地从电动玩具店里跳出来，跟我们讨零钱，虽说是讨，但他总是装得一副正在跟人勒索的样子，不管最后有没有人给他钱，他会一面往回走，一面大声对我们喊："记得啊？在学校有事就报我的名，我叫阿忠，啊？"从一九八九年到一九九二年，就我所知，他都在电动玩具店里度过。

我想要知道，一个人，怎么有办法这么惊人？是在这样的意图下，写了《王考》与《骠虞》。

于是，您很轻易就可以发现，第一，我真的没有准备好，我的方法，基本上还是现在看起来很捉襟见肘的写实主义，因为，想去确认某种永恒的"另一种事实"，这就已经够写实主义的了。第二，也因为前述的企图，也因为没有对准确的书写想象做足准备，就我个人而言，我感觉《王考》与《骠虞》已经太长了，针对您所提出的议题，我必须要仔细再想想，如果我想得清楚，我会另外以较长的篇幅来呈现。

骆以军：您总是说"我必须要仔细再想想"，这样的一本正经让我忍不住扑哧想笑（对不起我是牡羊座的）。我才必须要仔细再想想呢。

昆德拉在小说《不朽》里曾提到一个"生命主题的钟面"，十四岁时，一个七岁的小女孩在街上拦住他："先生，请问您现在几点？"那是第一回有人称他为您和先生。很多年后，一个俏丽的女人问他:"你年轻时,也是这么想的吗……"我有时也曾在一两个远较我年轻的作者手中读到让我局促自惭的作品;但是像这样在一组美好的作品后面,看到作为小说时间刻度的一些,神秘而严肃的什么……这使我非常感慨。

你说你的方法"基本上还是现在看起来很捉襟见肘的写实主义",但只要这些一百年后的小说家们,他们的素描簿上曾潦草绘下波赫士或马奎斯的脸像,那我便不相信那快速穿过折光与梦境的"时光隧道"能避开那些"现代主义的敏感带"(当然那是你的自谦)。你在《叫魂》这个鬼故事里,写到一架飞机摔进山沟,主人翁他们带着开山刀和板斧,上山搭救,结果劈开飞机门,走出来的,竟然是一些死去的亲人,原来"这些早就死掉的人,他们参加阴间观光团,想不到飞机失事了,就全部活了回来"。这整篇小说让我诧异欣羡。问题是,你的这些死人们,比许许多多斑斓细节写实技法的小说家笔下的不幸活人,要世故、幽默且"人味"多了。

当然,我们此刻所谈论、崇敬迷恋的两个词:"小说"与"故事",或许不过正如《马桥辞典》里那两个弄错颠倒的字:"射"与"矮"。一个写小说的人总会对另一个好小说家有一种"故事欣羡情结":"妈的他怎么可以把故事说得如此好?"读你的小说,我心底的想法是:"这是一个有地图的人。"譬如你喜欢的沈从文,譬如张贵兴,譬如福克纳。在你复返徘徊,以各种故事镜头复写的那个小镇,那个矿区,那些火车站或公路,那些从各间厝屋姗姗走出来的家族人物或邻人,那是个远和黄春明笔下的礁溪、宜兰更令我们陌生的世界。"光度歪斜了一点点"。但你可以说它是"写实的"（像马康多[1]？），在台湾另一个时空下存在的一个小镇？

童伟格："至于一个野蛮的灵魂，装在一个美丽的盒子里，在我故乡是不是一件常有的事情，我还不大知道；我所知道的，是那些山同水，使地方草木虫蛇皆非常厉害。我的性格算是最无用的一种型，可是同你们大都市里长大的人比较起来，你们已经就觉得我太粗糙了。"这是沈从文的话，我常想，如果野蛮的是细节所组成的故事，美丽的是结构，不知道会组成一部怎么样的作品？

我其实一直想着，要写篇幅较长的小说，现在，每当我这样想时，我就会连带想起三件事。第一，是一个细节：在鹿桥的《未央歌》里，当余孟勤"终于"吻了伍宝笙时，为什么伍宝笙闻到的，是一阵汗臭味呢？汗臭味其实没什么好奇怪的，只是，当这味道出现在《未央歌》这样一部唯美的作品里的这样一个唯美的片刻时，总是有点怪怪的。我感觉，这个细节，在整部作品中，好像一个凸出的疙瘩，虽然，味道明明该是无形的。

第二，是一个故事：有一位乡长的表弟，很会起乩，硬要说自己是神，乡民都对他又爱又怕，乡长基于身份，成了唯一

1.　大陆译为马孔多（Macondo）。

不相信表弟的人，表弟心思报复，用了迷幻的手段，让乡长在乡长妈妈的眼里，看起来像一头狮子，乡长妈妈杀了狮子，砍下狮子的头，提着很威风地游乡示众，当迷幻退去，乡长妈妈低头一看，发现手上提的，是自己儿子血淋淋的头。如果把乡长改成底比斯国王彭休斯，这就成了优里匹底斯[1]所写的希腊悲剧《酒神的女信徒》里，用很优美的叙述方式所表达的故事了。

第三，是一件真实的事：某一个星期三，在离辛亥隧道最近的那家大生鲜超市里，我看见一位故事写得极好的作家，好像幽灵一般，推着推车在结账。结完账，他提着两大口塑胶袋，一个人走入滂沱大雨中。那个夜晚极其寒冷，生鲜超市的柜台小姐，望着他的背影，森森地对我们说："他夏天常来买榴梿。"这件事是真的，但每次我这样说时，都没有人要相信。

似乎，我们并不像我们所以为的那样，可以决定什么是有形的，什么是无形的，什么是野蛮的，什么是美丽的，什么是可信的，什么是不可信的，但我们不是正在写作吗？我们总可以试试看。

---

1. 大陆译为欧里庇得斯（Euripides，公元前 485 或 480 年—公元前 406 年）。

图书在版编目（CIP）数据

王考 / 童伟格著 . -- 成都：四川人民出版社，
2019.6（2019.9 重印）

ISBN 978-7-220-11346-8

Ⅰ.①王… Ⅱ.①童… Ⅲ.①长篇小说—中国—当代
Ⅳ.① I247.5

中国版本图书馆 CIP 数据核字 (2019) 第 065759 号

四 川 省 版 权 局
著作权合同登记号
图 进 字：21-2019-203

Copyright @ 2002 by Tong,Wei-ger

本中文简体字版由印刻文学生活杂志出版股份有限公司授权银杏树下（北
京）图书有限责任公司在大陆地区独家出版。

WANG KAO

王考

著　者	童伟格
选题策划	后浪出版公司
出版统筹	吴兴元
编辑统筹	朱 岳　梅天明
特约编辑	范纲桓
责任编辑	刘姣娇
装帧制造	墨白空间·陈威伸
营销推广	ONEBOOK
出版发行	四川人民出版社（成都槐树街 2 号）
网　址	http://www.scpph.com
E - mail	scrmcbs@sina.com
印　刷	北京天宇万达印刷有限公司
成品尺寸	143mm × 210mm
印　张	6
字　数	114 千
版　次	2019 年 6 月第 1 版
印　次	2019 年 9 月第 2 次
书　号	978-7-220-11346-8
定　价	42.00 元